Opere di
Italo Calvino

Italo Calvino

LA NUVOLA DI SMOG
LA FORMICA ARGENTINA

Presentazione dell'autore

OSCAR MONDADORI

I edizione Oscar Opere di Italo Calvino gennaio 1996

ISBN 978-88-04-40911-3

Questo volume è stato stampato
presso Mondadori Printing S.p.A.
Stabilimento NSM - Cles (TN)
Stampato in Italia - Printed in Italy

A questa edizione ha collaborato Luca Baranelli

Anno 2009 - Ristampa 8 9 10 11 12 13 14

Presentazione

La nuvola di smog *(1958) e* La formica argentina *(1952) apparvero per la prima volta in volume nel Libro quarto ("La vita difficile") della grande raccolta calviniana dei* Racconti, *uscita nel 1958. Nell'ottobre del 1965 Calvino decise di riunirli in un volumetto dei "Coralli" Einaudi, dopo che nel '63 aveva autonomamente ripubblicato anche* La speculazione edilizia, *terzo titolo della "Vita difficile".*

Come Presentazione *si ristampano il risvolto di sopracoperta che l'autore scrisse in quell'occasione; e un intervento del 1964 su* La nuvola di smog, *al quale in seguito Calvino – pensando forse d'includerlo in una raccolta di suoi scritti saggistici – premise un titolo e una breve avvertenza (le citazioni rinviano alle pagine della prima edizione Einaudi dei* Racconti*).*

La nuvola di smog è un racconto continuamente tentato di diventare qualcos'altro: saggio sociologico o diario intimo; ma a queste tentazioni Italo Calvino riesce sempre a opporre la sua tattica difensiva, a base di gags comiche e di scrollate di spalle, che gli permette di restare sospeso in quel clima che gli è proprio, tra trasfigurazione simbolica, attualità colta dal vero, sfogo d'umore e poema in prosa.

Immagine e ideogramma del mondo cui ci troviamo a far fronte è lo smog, la nebbia fumosa e carica di detriti chimici delle città industriali. Ognuno dei personaggi ha un suo modo di contrapporvisi: il tecnocrate Cordà, la glamour-girl Claudia, il sindacalista Basaluzzi, la affittacamere Margariti, l'uomo-massa Avandero. In mezzo a loro l'anonimo protagonista sembra rifiutare ogni illusoria evasione e ogni trasposizione ideale, e s'ostina a guardare le cose come sono, a guardare senza stornare mai gli occhi. Se egli si aspetta qualcosa, è solo da quello che vede, un'immagine da contrapporre a un'altra immagine; e il racconto si chiude senza assicurarci che l'abbia trovata, ma solo non escludendo che sia possibile trovarla.

Questo volume comprende anche un racconto di qualche anno prima e molto diverso, *La formica argentina*, che l'autore ha voluto affiancare a *La nuvola di smog* per un'affinità strutturale e morale. Qui il «male di vivere» viene dalla natura: le formiche che infestano la Riviera[1], ma simile è l'atteggiamento di modesto stoicismo del personaggio centrale, il quale non accetta nessuno dei modelli di comportamento che gli vengono proposti per far fronte alle formiche; e simile è la provvisoria catarsi attraverso le immagini sulla quale il racconto si chiude.

[1] In una lettera a Goffredo Fofi del 30 gennaio 1984 Calvino precisava: «*La formica argentina* non è onirico-kafkiana come hanno sempre detto tutti i critici. È il racconto più realistico che io abbia scritto in vita mia; descrive con assoluta esattezza la situazione della invasione delle formiche argentine nelle coltivazioni a San Remo e in buona parte della Riviera di Ponente all'epoca della mia infanzia, anni Venti e anni Trenta» («Nuova Corrente», n. 100, luglio-dicembre 1987, p. 418).

Lettera a un critico sulla «Nuvola di smog»

«Nuova corrente», n. 32-33. La lettera commenta un saggio del direttore della rivista, Mario Boselli, sul mio racconto *La nuvola di smog* (*Il linguaggio dell'attesa*, «Nuova corrente», n. 28-29, primavera 1963). Alla mia lettera Boselli replicò punto per punto nel n. 36 della rivista (1965). Più che per la polemica sulle nuove metodologie critiche, che «Nuova corrente» era una delle prime riviste a proporre in Italia e di cui io ero allora completamente digiuno (Boselli nella sua replica alla mia lettera mi rimproverò d'averlo definito «critico stilistico» confondendo la «stilistica estetica» con la critica testuale, la stilistica linguistica, la critica semantica), questo scritto conta per me come una esperienza tutta oggettiva di rilettura della mia scrittura (occasionata dalla revisione d'una traduzione).

Caro Boselli,

quello che voglio scriverti non è tanto un parere sullo studio che hai avuto la bontà di dedicare al linguaggio del mio racconto *La nuvola di smog*, quanto una serie di riflessioni sulla critica stilistica che il tuo saggio mi fa venire in mente. Guarda che io non ho nessuna preparazione teorica sull'argomento e quindi le mie note sono dettate solo da un empirico buon senso che può darsi sia metodologicamente pericoloso, e da quell'esperienza tutta particolare e soggettiva che uno ha di un testo quando è stato lui a scriverlo.

Mi aiuta il fatto che *La nuvola di smog*, racconto scritto ormai sei anni fa, l'ho riletto di recente con molta attenzione insieme al mio traduttore francese, rivedendone la versione. È stato un duro lavoro. Tutte le lingue umane hanno qualcosa in comune, anche il finnico e il bantù, ma ce ne è due tra le quali non si può assolutamente stabilire nessuna equivalenza, e sono l'italiano e il francese. Ciò che è pensato in italiano non può in nessun modo essere detto in francese: bisogna ripensarlo di nuovo, in una formulazione che necessariamente non accoglierà tutti i significati di quella italiana o ne accoglierà altri che quella italiana non prevedeva. Per me questa è stata un'occasione per *leggere* veramente quel che avevo scritto, per capire l'intenzione di ogni snodo sintattico e d'ogni scelta lessicale, e per giudicare finalmente se esisteva o no un filo, una necessità, un senso nel mio modo di scrivere. Dopo alcune settimane di questo lavoro compiuto su un certo numero di miei racconti, sono riuscito a sapere molte cose su come scrivo: cose pro e cose contro. Naturalmente, non sarò io a dirtele: non tocca a me dare l'imbeccata ai critici. Ma, ora, come si dice, «forte di questa esperienza», cercherò di trarne qualche riflessione generale utile al nostro discorso.

Il tuo studio inizia con l'elenco di una serie di elementi stilistici riscontrati nella *Nuvola di smog*. Per prima cosa, in questo tipo di analisi, direi che bisognerebbe stabilire per ogni elemento l'area in cui esso si riscontra, cioè stabilire se è peculiare:

solo dell'opera esaminata;

o peculiare dell'autore nell'insieme delle sue opere;

o è esteso a tutta una scuola, tendenza o stagione letteraria;

o è riscontrabile in tutta la letteratura di quel tempo e di quel paese.

Per esempio, è ovvio che quando tu come primo elemento stilistico del mio racconto metti «osservanza delle regole della sintassi tradizionale» non dici nulla di caratterizzante, dato che la sintassi l'hanno studiata tutti quelli che hanno fatto le scuole medie, e tutti i giorni si leggono libri e giornali scritti, bene o male, in quella sintassi lì. Praticamente vuoi dire che non faccio la scrittura automatica o lo *stream of consciousness*, modi di scrivere molto rari in Italia, almeno nel 1958, data del racconto. Ma cominciamo a leggere il racconto. Prima frase: *Era un periodo che non m'importava niente di niente, quando venni a stabilirmi in questa città.* Vedi che già qui si apre tutto un discorso su quello che si intende per sintassi tradizionale nella letteratura italiana della metà del secolo XX, un discorso ricchissimo di storia e di riferimenti che già questo primo campione di costruzione sintattica ti apre.

Ma vediamo il secondo elemento del tuo elenco: «uso di un lessico piuttosto povero e disadorno, scelto comunque fra quello meno letterario». Qui tocchi un punto importante, perché la scelta del «povero e disadorno», del «meno letterario», nel lessico, e anzi nell'insieme dei mezzi d'espressione, il tono – come dici più avanti – «dimesso», di «grigiore e squallore», caratterizzano – programmaticamente, direi – una larga zona della letteratura italiana contemporanea. Questo sarebbe un bellissimo tema per un saggio: *Il «tono grigio» nella letteratura italiana contemporanea,* che da stilistico si sposterebbe sul piano dell'immaginazione e da questo sul tono psicologico e sull'impegno morale. Naturalmente un tale saggio avrebbe la sua esemplificazione più vistosa e perentoria in Moravia, anzi dovrebbe definire i confini d'un «moravismo» che non è stato mai censito dai nostri catasti letterari. E d'altra parte dovrebbe situare il diverso grigiore dei toscani, con il rigore di Bilenchi in posizione chiave, e dopo di lui quello di Cassola (ricordo un ottimo breve saggio di Bassani, anni fa, sul linguaggio grigio, «da ferroviere», di Cassola). E resterebbero da definire altre poetiche di linguaggio riduttivo altrettanto estreme: quella della Ginzburg per esempio. Solo quando avrai messo a posto questa geografia dello stile grigio, e l'avrai situata rispetto per esempio alla coloritura dialettale, nelle opposte direzioni del dialetto come scheletro della lingua (da Verga a Pavese) e del plurilinguismo (dalla Scapigliatura al gaddismo), e avrai visto quali possono essere le relazioni dell'area grigia con queste che in fondo oggi sono le più colorate; solo quando avrai deciso in che zona va considerata per esempio la scrittura di Bassani (l'inglobare le espressioni più trite del linguaggio «borghese» in una specie di continuo falsetto in secondo piano rispetto alla scrittura «alta» del filo del discorso, falsetto che potrebbe essere a suo modo un altro tipo di coloritura) e prima di lui quella di Soldati; solo quando avrai definito perfettamente i termini da usare e l'area e la casistica, potrai passare a esaminare il caso particolare.

Perciò, l'enunciazione del secondo elemento io la scioglierei in tre proposizioni:

a) esiste una vasta area della letteratura italiana il cui ideale stilistico si indirizza verso un linguaggio povero e disadorno;

b) Calvino è nel complesso della sua opera lontano o estraneo a questo tipo di poetica (esemplificazioni);

c) nel racconto *La nuvola di smog* egli appare invece accostarvisi. Come?

E qui può cominciare l'analisi del testo in questione, cioè l'esame e la classificazione delle varie scelte lessicali e stilistiche.

Già abbiamo citato più sopra la frase, molto parlata e intessuta di idiotismi, che apre il racconto. Poco più sotto troviamo la voce: il nervoso. Se come paradigma siamo partiti, mettiamo, da Moravia, ci accorgiamo che con questi esempi siamo già un bel po' più in là, come caratterizzazione e coloritura: siamo già più verso Pavese. E una frase come questa, alle prime righe: *Per uno sbarcato dal treno, si sa, la città è tutta una stazione*, ricorda certe immagini assiomatiche, compatte, a corto raggio, che erano proprie di Pavese.

Ma già alla terza riga c'era una proposizione come: *Di stabilità non avevo alcun desiderio* che ci ha portato verso un tono più alto, riflessivo; e nelle righe seguenti troviamo: *fluido, stabilità interiore, squallide, frantumato*, cioè andiamo sempre più verso un lessico critico, letterario.

Mi pare che l'unica sia ricorrere a una formula di questo tipo (che vale – credo – per molti dei miei racconti ma probabilmente anche per tantissimi altri autori che con me non hanno nulla a che fare): uno stile sostenuto, con un'elasticità che gli permette di arrivare a punte di linguaggio più alto, lirico o saggistico senza alterarne la coerenza, e con un frequente uso del pedale della lingua parlata e dell'idiotismo, che ha una funzione (certamente intenzionale, questa) di sprezzatura, di contrasto.

In una tale formula puoi far quadrare una frase come questa, che mi pare un campione abbastanza tipico: *Lavoro nuovo, città diversa, fossi stato più giovane o mi fossi aspettato di più dalla vita, m'avrebbero dato slancio e contentezza*. In fondo, tutta l'analisi potrebbe limitarsi a questa frase: ci sono dentro quasi tutti i movimenti possibili dei vari piani di linguaggio usati nel racconto.

A questo punto, non mi contenterei più del prelievo d'espressioni sparse, in cui si confondono elementi di scelta cosciente, di scelta inconscia e di non scelta del tutto. (Forse per lo studioso hanno tutte la stessa importanza, ma certo a me fa uno strano effetto vederti mettere con pari zelo sotto il vetrino del tuo microscopio particelle a cui ho preteso d'affidare i più segreti tesori dell'espressione e particelle in cui non ho messo nessuna intenzionalità espressiva, ma che sono lì solo perché volevo dire quella cosa lì e nient'altro). E passerei all'esame di blocchi di scrittura più compiuti e compatti, cioè a quelli che chiamerei blocchi «immagine-scrittura» che sono poi i punti *più scritti*, brevi o lunghi che siano.

In ogni mio componimento, credo, si notano delle parti *più scritte* e delle parti *meno scritte*, le une in cui l'impegno della scrittura è massimo e le altre che sono come parti disegnate accanto a parti dipinte. (Questo, come succede a me, credo succeda a tutti, tranne che a Flaubert – ma anche lì, non ci giurerei – e a Manzoni che è un'altra faccenda; naturalmente questo non c'entra con la distinzione crociana tra poesia e struttura, anzi potrebbe essere in certi casi il contrario).

La pagina non è una superficie uniforme di materia plastica, è lo spaccato di un legno, in cui si possono seguire come corrono le fibre, dove fanno nodo, dove si diparte un ramo. Io credo che compito della critica sia anche – o forse per prima cosa – vedere queste differenze nella scrittura: dove c'è accumulato più lavoro e dove ce n'è meno.

Ora in queste parti più scritte ce n'è di quelle che io chiamo *scritte piccolo piccolo* perché scrivendole accade (io scrivo a penna) che la mia grafia diventi piccolissima, con gli *o* e gli *a* senza buco in mezzo, ridotti a dei puntini; e ce n'è di quelle che chiamo *scritte grande* perché la grafia mi viene invece più larga, con delle *o* e delle *a* che ci può entrare dentro un dito.

Quelle *scritte piccolo piccolo* direi che sono quelle in cui tendo a una densità verbale, a una minuziosità descrittiva. Per esempio: la descrizione della nuvola di smog (*I racconti*, p. 547) o la vetrata nello studio dell'ingegnere (552) o il veglione che diventa immagine di distruzione (560) o la birreria in contrasto con la nebbia di fuori (544). Nell'esame di questi punti vedrai che come densità verbale, sforzo di precisione lessicale, etc. etc. siamo più che mai lontani dalla definizione etc. etc. E tutta questa minuziosità etc. etc. tende a configurare (come del resto in casi consimili in altri libri di Calvino etc. etc.) non tanto delle immagini, quanto delle specie di visioni astratte o meglio etc. etc.

Insomma, veditela un po' tu, io non ne voglio sapere niente, l'unica cosa che ti so dire è che sospetto che di lì, proprio attraverso l'esame della scrittura, si arrivi a capire qualcosa del senso ultimo di quello che scrivo, se c'è.

Le parti *scritte grande* invece sono quelle che tendono alla rarefazione verbale. Per esempio dei paesaggi brevissimi, quasi dei versi: *Era autunno; qualche albero era d'oro* (p. 523, citato anche da te).

Di questi brevi paesaggi ce n'è molti anche nei racconti della serie *Gli amori difficili*, stilisticamente e concettualmente molto affini alla *Nuvola*, e sono i punti che più mi hanno dato filo da torcere con la traduzione francese, perché a tradurli non ne viene fuori niente. Lì col mio traduttore per spiegargli cosa avevo voluto fare mi mettevo a citare Leopardi, *e chiaro nella valle il fiume appare*, a improvvisare conferenze sulla parola nella lirica italiana da Dante e Petrarca in poi; tutte cose che quando uno è a Parigi riesce a dirle ma quando si torna in Italia non si ha più la faccia tosta indispensabile.

Insomma, la traccia potrebb'essere questa: il grande filone della rarefazione verbale del Novecento italiano – lirica e prosa – passa in qualche modo anche attraverso quello che ho scritto io. In questi racconti che esaminiamo esso si accompagna e contrasta con un elemento opposto, di densità verbale. Quanto c'è dell'uno e quanto dell'altro? Cosa significa questa eredità? Non lo so; però questo mi pare un quesito stilistico-storico pertinente.

Torniamo ora al punto di partenza: il povero, il disadorno, lo squallore, il grigiore. Dove lo mettiamo? Lo mettiamo, mi pare, come un contenuto (oggettivo e psicologico) che il protagonista (o l'io lirico, o l'autore nella sua proiezione narrativa) *vuole* eleggere, *vuole* tenere ininterrottamente sotto gli occhi, *vuole* identificare in sé, ma (e il tema è già dato dalle prime righe) attraverso un atto di volontà, una scelta. Prova ne è appunto il linguaggio che alla descrizione di questo grigiore etc. etc. applica invece una gamma etc. etc.

La spia più evidente di questa situazione qual è? È l'uso frequente (che tu pure osservi) delle parole *grigio, squallido, grigiore, squallore*. In un linguaggio grigio e squallido non si possono usare le parole *grigio* e *squallido*, perché allora si tratta di un linguaggio che valuta dal di fuori il grigiore e lo squallore. (In un linguaggio grigio, la parola *grigio* si può usare solo per dire che un abito grigio è grigio; e quanto a squallido è parola alta, dotta, se non si vuol dar credito a una certa sua recente ed abusata fortuna giornalistica e borghese).

Anche sul piano del contenuto, se uno scrittore per rappresentare un tema grigio e squallido usa le parole grigio e squallido, è chiaro che è uno scrittore schiappino, cioè uno che nomina invece di rappresentare. E allora? Allora, o sono uno schiappino, o il mio tema non era quello. E quale poteva essere? Poteva essere non il «grigiore» (se vogliamo continuare a chiamarlo così) ma il rapporto con il «grigiore».

Così dalla definizione del linguaggio puoi passare alla definizione del contenuto del racconto. Ma in modo più globale, non chiedendo volta a volta conferma del significante al significato. Abbiamo dunque non tanto un racconto vero e proprio (perché una storia non c'è, di quest'uomo non è detto – né ci interessa – cosa gli sia successo prima, per fargli *scegliere* – pare – quella vita e quell'atteggiamento, probabilmente in contrasto a un'altra vita e un altro atteggiamento che non appaiono, né del resto una sua storia si riesce a delineare neppure in seguito, se non nelle piccole vicissitudini del suo impiego che già sappiamo non contar nulla), quanto una narrazione lirico-simbolica del rapporto d'un uomo con una realtà (storico-sociale-esistenziale etc.) che culmina nell'immagine della nuvola di smog (definiscila tu come vuoi), e insieme una casistica di altri tipi di rapporto possibili: l'ingegnere, il collega, l'amica, l'affittacamere, il sindacalista. (Anche per questa struttura potrai trovare una serie di riferimenti in altre narrazioni mie che sono costruite così: con al centro una relazione *a x* data come esemplare, e intorno una raggera o casistica di relazioni *b x*, *c x*, *d x*, etc.).

Tutto questo, con continui accenni di discussione interna. (Ecco in che senso puoi sviluppare il tema del racconto *saggistico* che hai toccato al principio). Ogni tanto affiora il linguaggio saggistico (qui puoi abbondare in citazioni): forse dentro il racconto c'è nascosto un saggio, ma tutto cancellato, e ne restano solo rimasugli smozzicati, e anche i dialoghi contenutistici – che potevano magari essere dei dialoghi filosofici – sono stati cancellati (pp. 557-58; pp. 560-61) e se ne legge soltanto qualche ombra di parola sotto i fregacci della gomma.

Allora si pone il quesito sul valore poetico che può

avere un racconto che rimanda il suo significato a un saggio che viene però tenuto nascosto. È un racconto fallito? Fallito per una impostazione di poetica confusa, esitante? Che valore poetico può avere la semplice abrasione della dimensione saggistica che pur doveva far da sostegno a un tessuto di immagini? Ma è soltanto abrasa questa dimensione saggistica oppure è contrastata da un movimento attivo di scrittura che può, questo sì, costituire motivo poetico, in sé, o nel contrasto che provoca? Ecco il momento per te, critico stilistico, di tirar fuori tutta una serie di materiali: citazioni di come avviene sul piano del linguaggio un misurato ma continuo intervento riduttore, sottovalutatore, di *understatement*, ironizzante, comicizzante. Diretto a colpire che cosa? Lo stesso personaggio io, cioè la coscienza intellettuale del racconto, cioè l'ipotesi paradossale di assumere il negativo come positivo, che viene così continuamente proposta e smontata.

Potremmo passare ora ad applicare questo stesso metodo alla terza tua osservazione, quella sugli aggettivi. Tu mi attribuisci una «aggettivazione scarna ed essenziale» il che sarebbe l'ideale stilistico di tutta la letteratura italiana – si può dire – da dopo D'Annunzio. E certo sarebbe molto bello che tu avessi ragione. Ma quello degli aggettivi è un tema che mi sta tanto a cuore che se comincio a parlarne continuo per altre dieci pagine. È meglio che me lo riservi per un'altra occasione: è da molto tempo che voglio dimostrare che i mali della prosa italiana vengono dal fatto che il significato decisivo della frase è rimandato continuamente sugli aggettivi, mentre sostantivi e verbi diventano sempre più generici e meno pregni di significato. Questo toglie alla prosa ogni robustezza: non si rappresenta il mondo ma se ne fa la recensione. Ma sarà una polemica anche contro me stesso, perché anche qui le cose non vanno lisce come tu dici. Basta aprire a caso: p. 521, *il mio sguardo trionfante, il mio sguardo trionfante e disperato.* La precisione psicologica si basa tutta sull'aggettivo, anzi sulla famigerata contrapposizione di due aggettivi di segno opposto! Nella pagina dopo, *una tristezza nasale e rassegnata*. È scritto male? No, il guaio è che è scritto benissimo, aggettivi migliori di quelli credo che non se ne trovino, eppure preferirei saper scrivere senza.

Basta, qui mi fermo: mi pare d'aver esemplificato abbastanza quello che volevo dirti dell'analisi stilistica, cioè in sostanza questo: vorrei che dietro a ogni affermazione ci fosse una sistemazione storica del fenomeno. Io non sono un metodologo però non credo di star commettendo un reato di istigazione all'eclettismo. Mi pare che facendo così puoi tenerti sempre ai testi, cioè a un materiale omogeneo, mentre se vai a cercare conferme nei saggi teorici dell'autore l'operazione mi pare metodologicamente più spuria. Una volta che avrai tratto le tue conclusioni sull'esame del materiale linguistico, potrai – come curiosità, in chiusa o in nota al tuo studio – confrontare queste risultanze con le idee espresse dall'autore nelle sue dichiarazioni di poetica o di estetica. E questo nell'intento:

o di trovarlo in contraddizione con se stesso, il che è sempre più divertente e più conforme al tuo compito di verifica sperimentale;

o di trovarlo perfettamente coerente con se stesso, come tu fai con me, cosa che mi riempie di soddisfazione e anche di stupore, dato che ogni volta che scrivo un racconto mi guardo bene dal pensare ai miei saggi e ogni volta che scrivo un saggio mi guardo bene dal pensare ai miei racconti.

Stavolta ho fatto eccezione alla regola, approfittando della tua paziente attenzione per le mie pagine, della quale ancora ti ringrazio.

Italo Calvino

Cronologia

La presente Cronologia riproduce quella curata da Mario Barenghi e Bruno Falcetto per l'edizione dei Romanzi e racconti *di Italo Calvino nei «Meridiani», Mondadori, Milano 1991.*

> «Dati biografici: io sono ancora di quelli che credono, con Croce, che di un autore contano solo le opere. (Quando contano, naturalmente.) Perciò dati biografici non ne do, o li do falsi, o comunque cerco sempre di cambiarli da una volta all'altra. Mi chieda pure quel che vuol sapere, e Glielo dirò. *Ma non Le dirò mai la verità*, di questo può star sicura» [lettera a Germana Pescio Bottino, 9 giugno 1964]

> «Ogni volta che rivedo la mia vita fissata e oggettivata sono preso dall'angoscia, soprattutto quando si tratta di notizie che ho fornito io [...] ridicendo le stesse cose con altre parole, spero sempre d'aggirare il mio rapporto nevrotico con l'autobiografia» [lettera a Claudio Milanini, 27 luglio 1985]

1923

Italo Calvino nasce il 15 ottobre a Santiago de las Vegas, presso L'Avana. Il padre, Mario, è un agronomo di vecchia famiglia sanremese che, dopo aver trascorso una ventina d'anni in Messico, si trova a Cuba per dirigere una stazione sperimentale di agricoltura e una scuola agraria. La madre, Eva (Evelina) Mameli, sassarese d'origine, è laureata in scienze naturali e lavora come assistente di botanica all'Università di Pavia.

«Mia madre era una donna molto severa, austera, rigida nelle sue idee tanto sulle piccole che sulle grandi cose. Anche mio padre era molto austero e burbero ma la sua severità era più rumorosa, collerica, intermittente. Mio padre come personaggio narrativo viene meglio, sia come vecchio ligure molto radicato nel suo paesaggio, sia come uomo che aveva girato il mondo e che aveva vissuto la rivoluzione messicana al tempo di Pancho Villa. Erano due personalità molto forti e caratterizzate [...]. L'unico modo per un figlio per non essere schiacciato [...] era opporre un sistema di difese. Il che comporta anche delle perdite: tutto il sapere che potrebbe essere trasmesso dai genitori ai figli viene in parte perduto» [RdM 80].

1925

La famiglia Calvino fa ritorno in Italia. Il rientro in patria era stato programmato da tempo, e rinviato a causa dell'arrivo del primogenito: il quale, per parte sua, non serbando del luogo di nascita che un mero e un po' ingombrante dato anagrafico, si dirà sempre ligure o, più precisamente, sanremese.

«Sono cresciuto in una cittadina che era piuttosto diversa dal resto dell'Italia, ai tempi in cui ero bambino: San Remo, a quel tempo ancora popolata di vecchi inglesi, granduchi russi, gente eccentrica e cosmopolita. E la mia famiglia era piuttosto insolita sia per San Remo sia per l'Italia d'allora: [...] scienziati, adoratori della natura, liberi pensatori [...]. Mio padre, di famiglia mazziniana repubblicana anticlericale massonica, era stato in gioventù anarchico kropotkiniano e poi socialista riformista [...]; mia madre [...], di famiglia laica, era cresciuta nella religione del dovere civile e della scienza, socialista interventista nel '15 ma con una tenace fede pacifista» [Par 60].

I Calvino vivono tra la Villa Meridiana e la campagna avita di San Giovanni Battista. Il padre dirige la Stazione sperimentale di floricoltura «Orazio Raimondo», frequentata da giovani di molti paesi, anche extraeuropei. In seguito al fallimento della Banca Garibaldi di Sanremo, mette a disposizione il parco della villa per la prosecuzione dell'attività di ricerca e d'insegnamento.

«Tra i miei familiari solo gli studi scientifici erano in onore; un mio zio materno era un chimico, professore universitario, sposato a una chimica; anzi ho avuto due zii chimici sposati a due zie chimiche [...] io sono la pecora nera, l'unico letterato della famiglia» [Accr 60].

1926
«Il primo ricordo della mia vita è un socialista bastonato dagli squadristi [...] è un ricordo che deve riferirsi probabilmente all'ultima volta che gli squadristi usarono il manganello, nel 1926, dopo un attentato a Mussolini. [...] Ma far discendere dalla prima immagine infantile, tutto quel che si vedrà e sentirà nella vita, è una tentazione letteraria» [Par 60].

I genitori sono contrari al fascismo; la loro critica contro il regime tende tuttavia a sfumare in una condanna generale della politica. «Tra il giudicare negativamente il fascismo e un impegno politico antifascista c'era una distanza che ora è quasi inconcepibile» [Par 60].

1927
Frequenta l'asilo infantile al St. George College. Nasce il fratello Floriano, futuro geologo di fama internazionale e docente all'Università di Genova.

1929-1933
Frequenta le Scuole Valdesi. Diventerà balilla negli ultimi anni delle elementari, quando l'obbligo dell'iscrizione verrà esteso alle scuole private.

«La mia esperienza infantile non ha nulla di drammatico, vivevo in un mondo agiato, sereno, avevo un'immagine del mondo variegata e ricca di sfumature contrastanti, ma non la coscienza di conflitti accaniti» [Par 60].

1934
Superato l'esame d'ammissione, frequenta il ginnasio-liceo «G.D. Cassini». I genitori non danno ai figli un'educazione religiosa, e in una scuola statale la richiesta di esonero dalle lezioni di religione e dai servizi di culto risulta decisamente anticonformista. Ciò fa sì che Italo, a volte, si senta in qualche modo diverso dagli altri ragazzi: «Non credo che questo mi abbia nuociuto: ci si abitua ad avere ostinazione nelle proprie abitudini, a trovarsi isolati per motivi giusti, a sopportare il disagio che ne deriva, a trovare la linea giusta per mantenere posizioni che non sono condivise dai più. Ma soprattutto sono cresciuto tollerante verso le opinioni altrui,

particolarmente nel campo religioso [...]. E nello stesso tempo sono rimasto completamente privo di quel gusto dell'anticlericalismo così frequente in chi è cresciuto in mezzo ai preti» [Par 60].

1935-1938
«Il primo vero piacere della lettura d'un vero libro lo provai abbastanza tardi: avevo già dodici o tredici anni, e fu con Kipling, il primo e (soprattutto) il secondo libro della Giungla. Non ricordo se ci arrivai attraverso una biblioteca scolastica o perché lo ebbi in regalo. Da allora in poi avevo qualcosa da cercare nei libri: vedere se si ripeteva quel piacere della lettura provato con Kipling» [manoscritto inedito].

Oltre ad opere letterarie, il giovane Italo legge con interesse le riviste umoristiche («Bertoldo», «Marc'Aurelio», «Settebello») di cui lo attrae lo «spirito d'ironia sistematica» [Rep 84], tanto lontano dalla retorica del regime. Disegna vignette e fumetti; si appassiona al cinema. «Ci sono stati anni in cui andavo al cinema quasi tutti i giorni e magari due volte al giorno, ed erano gli anni tra diciamo il Trentasei e la guerra, l'epoca insomma della mia adolescenza» [As 74].

Per la generazione cui Calvino appartiene, quell'epoca è però destinata a chiudersi anzitempo, e nel più drammatico dei modi. «L'estate in cui cominciavo a prender gusto alla giovinezza, alla società, alle ragazze, ai libri, era il 1938: finì con Chamberlain e Hitler e Mussolini a Monaco. La "belle époque" della Riviera era finita [...]. Con la guerra, San Remo cessò d'essere quel punto d'incontro cosmopolita che era da un secolo (lo cessò per sempre; nel dopoguerra diventò un pezzo di periferia milan-torinese) e ritornarono in primo piano le sue caratteristiche di vecchia cittadina di provincia ligure. Fu, insensibilmente, anche un cambiamento d'orizzonti» [Par 60].

1939-1940
La sua posizione ideologica rimane incerta, sospesa fra il recupero polemico di una scontrosa identità locale, «dialettale», ed un confuso anarchismo. «Fino a quando non scoppiò la seconda guerra mondiale, il mondo mi appariva un arco di

diverse gradazioni di moralità e di costume, non contrapposte ma messe l'una a fianco dell'altra [...]. Un quadro come questo non imponeva affatto delle scelte categoriche come può sembrare ora» [Par 60].

Scrive brevi racconti, poesie, testi teatrali: «tra i 16 e i 20 anni sognavo di diventare uno scrittore di teatro» [Pes 83]. Coltiva il suo talento e la sua passione per il disegno, la caricatura, la vignetta: fra la primavera e l'estate del 1940 il «Bertoldo» di Giovanni Guareschi gliene pubblicherà alcune, firmate Jago, nella rubrica «Il Cestino».

1941-1942

Conseguita la licenza liceale (gli esami di maturità sono sospesi a causa della guerra) si iscrive alla Facoltà di Agraria dell'Università di Torino, dove il padre era incaricato di Agricoltura tropicale, e supera quattro esami del primo anno, senza peraltro inserirsi nella dimensione metropolitana e nell'ambiente universitario; anche le inquietudini che maturavano nell'ambiente dei Guf gli rimangono estranee.

Nel quadro del suo interesse per il cinema, scrive recensioni di film; nell'estate del 1941 il «Giornale di Genova» gliene pubblicherà un paio (fra cui quella di *San Giovanni decollato* con Totò protagonista).

Nel maggio del 1942 presenta senza successo alla casa editrice Einaudi il manoscritto di *Pazzo io o pazzi gli altri*, che raccoglie i suoi primi raccontini giovanili, scritti in gran parte nel 1941. Partecipa con *La commedia della gente* al concorso del Teatro nazionale dei Guf di Firenze: nel novembre del 1942 essa viene inclusa dalla giuria fra quelle segnalate alle compagnie teatrali dei Guf.

È nei rapporti personali, e segnatamente nell'amicizia con Eugenio Scalfari (già suo compagno di liceo), che trova stimolo per interessi culturali e politici ancora immaturi, ma vivi. «A poco a poco, attraverso le lettere e le discussioni estive con Eugenio venivo a seguire il risveglio dell'antifascismo clandestino e ad avere un orientamento nei libri da leggere: leggi Huizinga, leggi Montale, leggi Vittorini, leggi Pisacane: le novità letterarie di quegli anni segnavano le tappe d'una nostra disordinata educazione etico-letteraria» [Par 60].

1943
In gennaio si trasferisce alla Facoltà di Agraria e Forestale della Regia Università di Firenze, dove sostiene tre esami. Nei mesi fiorentini frequenta assiduamente la biblioteca del Gabinetto Vieusseux. Le sue opzioni politiche si vanno facendo via via più definite. Il 25 luglio, la notizia dell'incarico a Pietro Badoglio di formare un nuovo governo (e poi della destituzione e dell'arresto di Mussolini) lo raggiunge nel campo militare di Mercatale di Vernio (Firenze); il 9 agosto farà ritorno a Sanremo. Dopo l'otto settembre, renitente alla leva della Repubblica di Salò, passa alcuni mesi nascosto. È questo – secondo la sua testimonianza personale – un periodo di solitudine e di letture intense, che avranno un grande peso nella sua vocazione di scrittore.

1944
Dopo aver saputo della morte in combattimento del giovane medico comunista Felice Cascione, chiede a un amico di presentarlo al Pci; poi, insieme con il fratello sedicenne, si unisce alla seconda divisione di assalto «Garibaldi» intitolata allo stesso Cascione, che opera sulle Alpi Marittime, teatro per venti mesi di alcuni fra i più aspri scontri tra i partigiani e i nazifascisti. I genitori, sequestrati dai tedeschi e tenuti lungamente in ostaggio, danno prova durante la detenzione di notevole fermezza d'animo.

«La mia scelta del comunismo non fu affatto sostenuta da motivazioni ideologiche. Sentivo la necessità di partire da una "tabula rasa" e perciò mi ero definito anarchico [...]. Ma soprattutto sentivo che in quel momento quello che contava era l'azione; e i comunisti erano la forza più attiva e organizzata» [Par 60].

L'esperienza della guerra partigiana risulta decisiva per la sua formazione umana, prima ancora che politica. Esemplare gli apparirà infatti soprattutto un certo spirito che animava gli uomini della Resistenza: cioè «una attitudine a superare i pericoli e le difficoltà di slancio, un misto di fierezza guerriera e autoironia sulla stessa propria fierezza guerriera, di senso di incarnare la vera autorità legale e di autoironia sulla situazione in cui ci si trovava a incarnarla, un piglio talora un po' gradasso e truculento ma sempre animato da generosità, ansioso di far propria ogni causa generosa. A distanza di tanti anni, devo dire che questo spirito, che permise ai partigiani di fare le cose meravigliose che fecero, resta ancor oggi, per muoversi nella contrastata realtà del mondo, un atteggiamento umano senza pari» [Gad 62].

Il periodo partigiano è cronologicamente breve, ma, sotto ogni altro riguardo, straordinariamente intenso. «La mia vita in quest'ultimo anno è stato un susseguirsi di peripezie [...] sono passato attraverso una inenarrabile serie di pericoli e di disagi; ho conosciuto la galera e la fuga, sono stato più volte sull'orlo della morte. Ma sono contento di tutto quello che ho fatto, del capitale di esperienze che ho accumulato, anzi avrei voluto fare di più» [lettera a Scalfari, 6 luglio 1945].

1945
Il 17 marzo partecipa alla battaglia di Baiardo, la prima in cui i partigiani di quella zona sono appoggiati dai caccia alleati. La rievocherà nel 1974 in *Ricordo di una battaglia*.

Dopo la Liberazione inizia la «storia cosciente» delle idee di Calvino, che seguiterà a svolgersi, anche durante la milizia nel Pci, attorno al nesso inquieto e personale di comunismo e anarchismo. Questi due termini, più che delineare una prospettiva ideologica precisa, indicano due complementari esigenze ideali: «Che la verità della vita si sviluppi in tutta la sua ricchezza, al di là delle necrosi imposte dalle istituzioni» e «che la ricchezza del mondo non venga sperperata ma organizzata e fatta fruttare secondo ragione nell'interesse di tutti gli uomini viventi e venturi» [Par 60].

Attivista del Pci nella provincia di Imperia, scrive su vari periodici, fra i quali «La Voce della Democrazia» (organo del Cln di Sanremo), «La nostra lotta» (organo della sezione sanremese del Pci), «Il Garibaldino» (organo della Divisione Felice Cascione).

Usufruendo delle facilitazioni concesse ai reduci, in settembre si iscrive al terzo anno della Facoltà di Lettere di Torino, dove si trasferisce stabilmente. «Torino [...] rappresentava per me – e allora veramente era – la città dove movimento operaio e movimento d'idee contribuivano a formare un clima che pareva racchiudere il meglio d'una tradizione e d'una prospettiva d'avvenire» [Gad 62].

Diviene amico di Cesare Pavese, che negli anni seguenti sarà non solo il suo primo lettore – «finivo un racconto e correvo da lui a farglielo leggere. Quando morì mi pareva che non sarei più stato buono a scrivere, senza il punto di riferimento di quel lettore ideale» [DeM 59] – ma anche un paradigma di serietà e di rigore etico, su cui cercherà di modellare il proprio stile, e perfino il proprio comportamento. Grazie a Pavese presenta alla rivista «Aretusa» di Carlo Muscetta il racconto *Angoscia in caserma*, che esce sul numero di dicembre. In dicembre inizia anche, con l'articolo *Liguria magra e ossuta*, la sua collaborazione al «Politecnico» di Elio Vittorini.

«Quando ho cominciato a scrivere ero un uomo di poche letture, letterariamente ero un autodidatta la cui "didassi" doveva ancora cominciare. Tutta la mia formazione è avvenuta durante la guerra. Leggevo i libri delle case editrici italiane, quelli di "Solaria"» [D'Er 79].

1946

Comincia a «gravitare attorno alla casa editrice Einaudi», vendendo libri a rate [Accr 60]. Pubblica su periodici («l'Unità», «Il Politecnico») numerosi racconti che poi confluiranno in *Ultimo viene il corvo*. In maggio comincia a tenere sull'«Unità» di Torino la rubrica «Gente nel tempo». Incoraggiato da Cesare Pavese e Giansiro Ferrata si dedica alla stesura di un romanzo, che conclude negli ultimi giorni di dicembre. Sarà il suo primo libro, *Il sentiero dei nidi di ragno*.

«Lo scrivere è però oggi il più squallido e ascetico dei mestieri: vivo in una gelida soffitta torinese, tirando cinghia e attendendo i vaglia paterni che non posso che integrare con qualche migliaio di lire settimanali che mi guadagno a suon di collaborazioni» [lettera a Scalfari, 3 gennaio 1947].

Alla fine di dicembre vince (ex aequo con Marcello Venturi) il premio indetto dall'«Unità» di Genova, con il racconto *Campo di mine*.

1947
«Una dolce e imbarazzante bigamia» è l'unico lusso che si conceda in una vita «veramente tutta di lavoro e tutta tesa ai miei obiettivi» [lettera a Scalfari, 3 gennaio 1947]. Fra questi c'è anche la laurea, che consegue con una tesi su Joseph Conrad.

Partecipa col *Sentiero dei nidi di ragno* al Premio Mondadori per giovani scrittori, ma Giansiro Ferrata glielo boccia. Nel frattempo Pavese lo aveva presentato a Einaudi che lo pubblicherà in ottobre nella collana «I coralli»: il libro riscuote un buon successo di vendite e vince il Premio Riccione.

Presso Einaudi Calvino si occupa ora dell'ufficio stampa e di pubblicità. Nell'ambiente della casa editrice torinese, animato dalla continua discussione tra sostenitori di diverse tendenze politiche e ideologiche, stringe legami di amicizia e di fervido confronto intellettuale non solo con letterati (i già citati Pavese e Vittorini, Natalia Ginzburg), ma anche con storici (Delio Cantimori, Franco Venturi) e filosofi, tra i quali Norberto Bobbio e Felice Balbo.

Durante l'estate partecipa come delegato al Festival mondiale della gioventù che si svolge a Praga.

1948
Alla fine di aprile lascia l'Einaudi per lavorare all'edizione torinese dell'«Unità», dove si occuperà, fino al settembre del 1949, della redazione della terza pagina. Comincia a collaborare al mensile del Pci «Rinascita» con racconti e note di letteratura.

Insieme con Natalia Ginzburg va a trovare Hemingway, in vacanza a Stresa.

1949
La partecipazione, in aprile, al congresso dei Partigiani della pace di Parigi gli costerà per molti anni il divieto di entrare in Francia.

In luglio, insoddisfatto del lavoro all'«Unità» di Torino, si reca a Roma per esaminare due proposte d'impiego giornalistico che non si concreteranno. In agosto partecipa al Festival della gioventù di Budapest; scrive una serie di articoli per «l'Unità». Per diversi mesi cura anche la rubrica delle cronache teatrali («Prime al Carignano»). In settembre torna a lavorare da Einaudi, dove fra le altre cose si occupa dell'ufficio stampa e dirige la sezione letteraria della «Piccola Biblioteca Scientifico-Letteraria». Come ricorderà Giulio Einaudi, «furono suoi, e di Vittorini, e anche di Pavese, quei risvolti di copertina e quelle schede che crearono [...] uno stile nell'editoria italiana».

Esce la raccolta di racconti *Ultimo viene il corvo*. Rimane invece inedito il romanzo *Il Bianco Veliero*, sul quale Vittorini aveva espresso un giudizio negativo.

1950
Il 27 agosto Pavese si toglie la vita. Calvino è colto di sorpresa: «Negli anni in cui l'ho conosciuto, non aveva avuto crisi suicide, mentre gli amici più vecchi sapevano. Quindi avevo di lui un'immagine completamente diversa. Lo credevo un duro, un forte, un divoratore di lavoro, con una grande solidità. Per cui l'immagine del Pavese visto attraverso i suicidi, le grida amorose e di disperazione del diario, l'ho scoperta dopo la morte» [D'Er 79]. Dieci anni dopo, con la commemorazione *Pavese: essere e fare* traccerà un bilancio della sua eredità morale e letteraria. Rimarrà invece allo stato di progetto (documentato fra le carte di Calvino) una raccolta di scritti e interventi su Pavese e la sua opera.

Per la casa editrice è un momento di svolta: dopo le dimissioni di Balbo, il gruppo einaudiano si rinnova con l'ingresso, nei primi anni Cinquanta, di Giulio Bollati, Paolo Boringhieri, Daniele Ponchiroli, Renato Solmi, Luciano Foà e Cesare Cases. «Il massimo della mia vita l'ho dedicato ai libri degli altri, non ai miei. E ne sono contento, perché l'editoria è una cosa importante nell'Italia in cui viviamo e l'aver lavorato in un ambiente editoriale che è stato di modello per il resto dell'editoria italiana, non è cosa da poco» [D'Er 79].

Collabora a «Cultura e realtà», rivista fondata da Felice Balbo con altri esponenti della ex «sinistra cristiana» (Fedele d'Amico, Mario Motta, Franco Rodano, Ubaldo Scassellati).

1951
Conclude la travagliata elaborazione di un romanzo d'impianto realistico-sociale, *I giovani del Po*, che apparirà solo più tardi in rivista (su «Officina», tra il gennaio '57 e l'aprile '58), come documentazione di una linea di ricerca interrotta. In estate, pressoché di getto, scrive *Il visconte dimezzato*.

Fra ottobre e novembre compie un viaggio in Unione Sovietica («dal Caucaso a Leningrado»), che dura una cinquantina di giorni. La corrispondenza (*Taccuino di viaggio in Urss di Italo Calvino*), pubblicata sull'«Unità» nel febbraio-marzo dell'anno successivo, gli varrà il Premio Saint Vincent. Rifuggendo da valutazioni ideologiche generali, coglie della realtà sovietica soprattutto dettagli di vita quotidiana, da cui emerge un'immagine positiva e ottimistica («Qui la società pare una gran pompa aspirante di vocazioni: quel che ognuno ha di meglio, poco o tanto, se c'è deve saltar fuori in qualche modo»), anche se per vari aspetti reticente.

Durante la sua assenza (il 25 ottobre) muore il padre. Dieci anni dopo ne ricorderà la figura nel racconto autobiografico *La strada di San Giovanni*.

1952
Il visconte dimezzato, pubblicato nella collana «I gettoni» di Vittorini, ottiene un notevole successo e genera reazioni contrastanti nella critica di sinistra.

In maggio esce il primo numero del «Notiziario Einaudi», da lui redatto, e di cui diviene direttore responsabile a partire dal n. 7 di questo stesso anno.

Estate: insieme con Paolo Monelli, inviato della «Stampa», segue le Olimpiadi di Helsinki scrivendo articoli di colore per «l'Unità». «Monelli era molto miope, ed ero io che gli dicevo: guarda qua, guarda là. Il giorno dopo aprivo "La Stampa" e vedevo che lui aveva scritto tutto quello che gli avevo indicato, mentre io non ero stato capace di farlo. Per questo ho rinunciato a diventare giornalista» [Nasc 84].

Pubblica su «Botteghe Oscure» (una rivista internazionale di letteratura diretta dalla principessa Marguerite Caetani di Bassiano e redatta da Giorgio Bassani) il racconto *La formica argentina*. Prosegue la collaborazione con «l'Unità», scrivendo articoli di vario genere (mai raccolti in volume), sospesi tra la narrazione, il *reportage* e l'apologo sociale; negli ultimi mesi dell'anno appaiono le prime novelle di *Marcovaldo*.

1953
Dopo *Il Bianco Veliero* e *I giovani del Po*, lavora per alcuni anni a un terzo tentativo di narrazione d'ampio respiro, *La collana della regina*, «un romanzo realistico-social-grottesco-gogoliano» di ambiente torinese e operaio, destinato anch'esso a rimanere inedito.

Sulla rivista romana «Nuovi Argomenti» esce il racconto *Gli avanguardisti a Mentone*.

1954
Inizia a scrivere sul settimanale «Il Contemporaneo», diretto da Romano Bilenchi, Carlo Salinari e Antonello Trombadori; la collaborazione durerà quasi tre anni.

Esce nei «Gettoni» *L'entrata in guerra*.

Viene definito il progetto delle *Fiabe italiane*, scelta e trascrizione di duecento racconti popolari delle varie regioni d'Italia dalle raccolte folkloristiche ottocentesche, corredata da introduzione e note di commento. Durante il lavoro preparatorio Calvino si avvale dell'assistenza dell'etnologo Giuseppe Cocchiara, ispiratore, per la collana dei «Millenni», della collezione dei «Classici della fiaba».

Comincia con una corrispondenza dalla XV Mostra cinematografica di Venezia una collaborazione con la rivista «Cinema Nuovo», che durerà alcuni anni. Si reca spesso a Roma, dove, a partire da quest'epoca, trascorre buona parte del suo tempo.

1955
Dal 1° gennaio ottiene da Einaudi la qualifica di dirigente, che manterrà fino al 30 giugno 1961; dopo quella data diventerà consulente editoriale.

Esce su «Paragone» Letteratura *Il midollo del leone*, primo di una serie di impegnativi saggi, volti a definire la propria idea di letteratura rispetto alle principali tendenze culturali del tempo.

Fra gli interlocutori più agguerriti e autorevoli, quelli che Calvino chiamerà gli hegelo-marxiani: Cesare Cases, Renato Solmi, Franco Fortini.

Stringe con l'attrice Elsa De Giorgi una relazione destinata a durare qualche anno.

1956
In gennaio la segreteria del Pci lo nomina membro della Commissione culturale nazionale.

Partecipa al dibattito sul romanzo *Metello* con una lettera a Vasco Pratolini, pubblicata su «Società».

Il XX congresso del Pcus apre un breve periodo di speranze in una trasformazione del mondo del socialismo reale. «Noi comunisti italiani eravamo schizofrenici. Sì, credo proprio che questo sia il termine esatto. Con una parte di noi eravamo e volevamo essere i testimoni della verità, i vendicatori dei torti subiti dai deboli e dagli oppressi, i difensori della giustizia contro ogni sopraffazione. Con un'altra parte di noi giustificavamo i torti, le sopraffazioni, la tirannide del partito, Stalin, in nome della Causa. Schizofrenici. Dissociati. Ricordo benissimo che quando mi capitava di andare in viaggio in qualche paese del socialismo, mi sentivo profondamente a disagio, estraneo, ostile. Ma quando il treno mi riportava in Italia, quando ripassavo il confine, mi domandavo: ma qui, in Italia, in questa Italia, che cos'altro potrei essere se non comunista? Ecco perché il disgelo, la fine dello stalinismo, ci toglieva un peso terribile dal petto: perché la nostra figura morale, la nostra personalità dissociata, finalmente poteva ricomporsi, finalmente rivoluzione e verità tornavano a coincidere. Questo era, in quei giorni, il sogno e la speranza di molti di noi» [Rep 80]. In vista di una possibile trasformazione del Pci, Calvino ha come punto di riferimento Antonio Giolitti.

Interviene sul «Contemporaneo» nell'acceso *Dibattito sulla cultura marxista* che si svolge fra marzo e luglio, mettendo in discussione la linea culturale del Pci; più tardi (24 luglio), in una riunione della Commissione culturale centrale polemizza con Alicata ed esprime «una mozione di sfiducia verso tutti i compagni che attualmente occupano posti direttivi nelle istanze culturali del partito» [cfr. «l'Unità», 13 giugno 1990]. Il disagio nei confronti delle scelte politiche del vertice comunista si fa più vivo: il 26 ottobre Calvino presenta all'organizzazione di partito dell'Einaudi, la cellula Giaime Pintor, un ordine del giorno che denuncia «l'inammissibile falsificazione della realtà» operata dall'«Unità» nel riferire gli avvenimenti di Poznan e di Budapest, e critica con asprezza l'incapacità del partito di rinnovarsi alla luce degli esiti del XX congresso e dell'evoluzione in corso all'Est. Tre giorni dopo, la cellula approva un «appello ai comunisti» nel quale si chiede fra l'altro che «sia sconfessato l'operato della direzione» e che «si dichiari apertamente la nostra piena solidarietà con i movimenti popolari polacco e ungherese e con i comunisti che non hanno abbandonato le masse protese verso un radicale rinnovamento dei metodi e degli uomini».

Dedica uno dei suoi ultimi interventi sul «Contemporaneo» a Pier Paolo Pasolini, in polemica con una parte della critica di sinistra.

Scrive l'atto unico *La panchina*, musicato da Sergio Liberovici, che sarà rappresentato in ottobre al Teatro Donizetti di Bergamo.

In novembre escono le *Fiabe italiane*. Il successo dell'opera consolida l'immagine di un Calvino «favolista» (che diversi critici vedono in contrasto con l'intellettuale impegnato degli interventi teorici).

1957

Esce *Il barone rampante*, mentre sul quaderno XX di «Botteghe Oscure» appare *La speculazione edilizia*.

Pubblica su «Città aperta» (periodico fondato da un gruppo dissidente di intellettuali comunisti romani) il racconto-apologo *La gran bonaccia delle Antille*, che mette alla berlina l'immobilismo del Pci.

Dopo l'abbandono del Pci da parte di Antonio Giolitti, il 1° agosto rassegna le proprie dimissioni con una sofferta lettera al Comitato federale di Torino del quale faceva parte, pubblicata il 7 agosto sull'«Unità». Oltre a illustrare le ragioni del suo dissenso politico e a confermare la sua fiducia nelle prospettive democratiche del socialismo internazionale, ricorda il peso decisivo che la milizia comunista ha avuto nella sua formazione intellettuale e umana.

Tuttavia questi avvenimenti lasciano una traccia profonda nel suo atteggiamento: «Quelle vicende mi hanno estraniato dalla politica, nel senso che la politica ha occupato dentro di me uno spazio molto più piccolo di prima. Non l'ho più ritenuta, da allora, un'attività totalizzante e ne ho diffidato. Penso oggi che la politica registri con molto ritardo cose che, per altri canali, la società manifesta, e penso che spesso la politica compia operazioni abusive e mistificanti» [Rep 80].

1958

Pubblica su «Nuova Corrente» *La gallina di reparto*, frammento del romanzo inedito *La collana della regina*, e su «Nuovi Argomenti» *La nuvola di smog*. Appare il grande volume antologico dei *Racconti*, a cui verrà assegnato l'anno seguente il Premio Bagutta.

Collabora al settimanale «Italia domani» e alla rivista di Antonio Giolitti «Passato e Presente», partecipando per qualche tempo al dibattito per una nuova sinistra socialista.

Per un paio di anni collabora con il gruppo torinese di «Cantacronache», scrivendo tra il '58 e il '59 testi per quattro canzoni di Liberovici (*Canzone triste*, *Dove vola l'avvoltoio*, *Oltre il ponte* e *Il padrone del mondo*), e una di Fiorenzo Carpi (*Sul verde fiume Po*). Scriverà anche le parole per una canzone di Laura Betti, *La tigre*, e quelle di *Turin-la-nuit*, musicata da Piero Santi.

1959

Esce *Il cavaliere inesistente*.

Con il n. 3 dell'anno VIII cessa le pubblicazioni il «Notiziario Einaudi». Esce il primo numero del «Menabò di letteratura»: «Vittorini lavorava da Mondadori a Milano, io lavoravo da Einaudi a Torino. Siccome durante tutto il periodo dei "Gettoni" ero io che dalla redazione torinese tenevo i contatti con lui, Vittorini volle che il mio nome figurasse accanto al suo come condirettore del "Menabò". In realtà la rivista era pensata e composta da lui, che decideva l'impostazione d'ogni numero, ne discuteva con gli amici invitati a collaborare, e raccoglieva la maggior parte dei testi» [Men 73].

Declina un'offerta di collaborazione al quotidiano socialista «Avanti!».

Alla fine di giugno, al Festival dei Due Mondi di Spoleto, nel quadro dello spettacolo *Fogli d'album*, viene rappresentato un breve sketch tratto dal suo racconto *Un letto di passaggio*.

In settembre viene messo in scena alla Fenice di Venezia il racconto mimico *Allez-hop*, musicato da Luciano Berio. A margine della produzione narrativa e saggistica e dell'attività giornalistica ed editoriale, Calvino coltiva infatti lungo l'intero arco della sua carriera l'antico interesse per il teatro, la musica e lo spettacolo in generale, tuttavia con sporadici risultati compiuti.

A novembre, grazie a un finanziamento della Ford Foundation, parte per un viaggio negli Stati Uniti che lo porta nelle principali località del paese. Il viaggio dura sei mesi: quattro ne trascorre a New York. La città lo colpisce profondamente, anche per la varietà degli ambienti con cui entra in contatto. Anni dopo dirà che New York è la città che ha sentito sua più di qualsiasi altra. Ma già nella prima delle corrispondenze per il settimanale «ABC» scriveva: «Io amo New York, e l'amore è cieco. E muto: non so controbattere le ragioni degli odiatori con le mie [...]. In fondo, non si è mai capito bene perché Stendhal amasse tanto Milano. Farò scrivere sulla mia tomba, sotto il mio nome, "newyorkese"?» (11 giugno 1960).

1960

Raccoglie la trilogia araldica nel volume dei *Nostri antenati*, accompagnandola con un'importante introduzione.

Sul «Menabò» n. 2 appare il saggio *Il mare dell'oggettività*.

1961

La sua notorietà va sempre più consolidandosi. Di fronte al moltiplicarsi delle offerte, appare combattuto fra disponibilità curiosa ed esigenza di concentrazione: «Da un po' di tempo, le richieste di collaborazioni da tutte le parti – quotidiani, settimanali, cinema, teatro, radio, televisione –, richieste una più allettante dell'altra come compenso e risonanza, sono tante e così pressanti, che io – combattuto fra il timore di disperdermi in cose effimere, l'esempio di altri scrittori più versatili e fecondi che a momenti mi dà il desiderio d'imitarli ma poi invece finisce per ridarmi il piacere di star zitto pur di non assomigliare a loro, il desiderio di raccogliermi per pensare al "libro" e nello stesso tempo il sospetto che solo mettendosi a scrivere qualunque cosa anche "alla giornata" si finisce per scrivere ciò che rimane – insomma, succede che non scrivo né per i giornali, né per le occasioni esterne né per me stesso» [lettera a Emilio Cecchi, 3 novembre]. Tra le proposte rifiutate, quella di collaborare al «Corriere della sera».

Raccoglie le cronache e le impressioni del suo viaggio negli Stati Uniti in un libro, *Un ottimista in America*, che però decide di non pubblicare quando è già in bozze.

In aprile compie un viaggio di quindici giorni in Scandinavia: tiene conferenze a Copenhagen, a Oslo e a Stoccolma (all'Istituto italiano di cultura).

Fra la fine di aprile e l'inizio di maggio è nell'isola di Maiorca per il Premio internazionale Formentor.

In settembre, insieme con colleghi e amici dell'Einaudi e di Cantacronache, partecipa alla prima marcia della pace Perugia-Assisi, promossa da Aldo Capitini.

In ottobre si reca a Monaco di Baviera, e a Francoforte per la Fiera del libro.

1962

In aprile a Parigi fa conoscenza con Esther Judith Singer, detta Chichita, traduttrice argentina che lavora presso organismi internazionali come l'Unesco e l'International Atomic Energy Agency (attività che proseguirà fino al 1984, in qualità di *free lance*). In questo periodo Calvino si dice affetto da «dromomania»: si sposta di continuo fra Roma (dove ha affittato un *pied-à-terre*), Torino, Parigi e Sanremo.

«I liguri sono di due categorie: quelli attaccati ai propri luoghi come patelle allo scoglio che non riusciresti mai a spostarli; e quelli che per casa hanno il mondo e dovunque siano si trovano come a casa loro. Ma anche i secondi, e io sono dei secondi [...] tornano regolarmente a casa, restano attaccati al loro paese non meno dei primi» [Bo 60].

Inizia con il quotidiano milanese «Il Giorno» una collaborazione sporadica che si protrarrà per diversi anni.

Sul n. 5 del «Menabò» vede la luce il saggio *La sfida al labirinto*, sul n. 1 di «Questo e altro» il racconto *La strada di San Giovanni*.

1963

È l'anno in cui prende forma in Italia il movimento della cosiddetta neoavanguardia; Calvino, pur senza condividerne le istanze, ne segue gli sviluppi con interesse. Dell'attenzione e della distanza di Calvino verso le posizioni del Gruppo '63 è significativo documento la polemica con Angelo Guglielmi seguita alla pubblicazione della *Sfida al labirinto*.

Pubblica nella collana «Libri per ragazzi» la raccolta *Marcovaldo ovvero Le stagioni in città*. Illustrano il volume (cosa di cui Calvino si dichiarerà sempre fiero) 23 tavole di Sergio Tofano. Escono *La giornata d'uno scrutatore* e l'edizione in volume autonomo della *Speculazione edilizia*.

Alla metà di marzo compie un viaggio in Libia: all'Istituto italiano di cultura di Tripoli tiene una conferenza su «Natura e storia nei romanzi di ieri e di oggi».

In maggio passa una settimana a Corfù come membro della giuria del Premio Formentor. Il 18 maggio riceve a Losanna il Premio internazionale Charles Veillon per *La giornata d'uno scrutatore*.

Compie lunghi soggiorni in Francia.

1964

Il 19 febbraio a L'Avana sposa Chichita.

«Nella mia vita ho incontrato donne di grande forza. Non potrei vivere senza una donna al mio fianco. Sono solo un pezzo d'un essere bicefalo e bisessuato, che è il vero organismo biologico e pensante» [RdM 80].

Il viaggio a Cuba gli dà l'occasione di visitare i luoghi natali e la casa dove abitavano i genitori. Fra i vari incontri, un colloquio personale con Ernesto «Che» Guevara.

Scrive una fondamentale prefazione per la nuova edizione del *Sentiero dei nidi di ragno.*

Dopo l'estate si stabilisce con la moglie a Roma, in un appartamento in via di Monte Brianzo. Della famiglia fa parte anche Marcelo Weil, il figlio sedicenne che Chichita ha avuto dal primo marito. Ogni due settimane si reca a Torino per le riunioni einaudiane e per sbrigare la corrispondenza.

Appare sul «Menabò» n. 7 il saggio *L'antitesi operaia,* che avrà scarsa eco. Nella raccolta *Una pietra sopra* (1980) Calvino lo presenterà come «un tentativo di inserire nello sviluppo del mio discorso (quello dei miei precedenti saggi sul "Menabò") una ricognizione delle diverse valutazioni del ruolo storico della classe operaia e in sostanza di tutta la problematica della sinistra di quegli anni [...] forse l'ultimo mio tentativo di comporre gli elementi più diversi in un disegno unitario e armonico».

Sul «Caffè» di novembre escono le prime quattro cosmicomiche: *La distanza della Luna, Sul far del giorno, Un segno nello spazio, Tutto in un punto.*

1965
Interviene con due articoli («Rinascita», 30 gennaio e «Il Giorno», 3 febbraio) nel dibattito sul nuovo italiano «tecnologico» aperto da Pier Paolo Pasolini.

In maggio nasce a Roma la figlia Giovanna. «Fare l'esperienza della paternità per la prima volta dopo i quarant'anni dà un grande senso di pienezza, ed è oltretutto un inaspettato divertimento» [lettera del 24 novembre a Hans Magnus Enzensberger].

Pubblica *Le Cosmicomiche.* Con lo pseudonimo Tonio Cavilla, cura un'edizione ridotta e commentata del *Barone rampante* nella collana «Letture per la scuola media». Esce il dittico *La nuvola di smog* e *La formica argentina* (in precedenza edite nei *Racconti*).

1966
Il 12 febbraio muore Vittorini. «È difficile associare l'idea della morte – e fino a ieri quella della malattia – alla figura di Vittorini. Le immagini della negatività esistenziale, fonda-

mentali per tanta parte della letteratura contemporanea, non erano le sue: Elio era sempre alla ricerca di nuove immagini di vita. E sapeva suscitarle negli altri» [Conf 66]. Un anno dopo, in un numero monografico del «Menabò» dedicato allo scrittore siciliano, pubblicherà l'ampio saggio *Vittorini: progettazione e letteratura.*

Dopo la scomparsa di Vittorini la posizione di Calvino nei riguardi dell'attualità muta: subentra, come dichiarerà in seguito, una presa di distanza, con un cambiamento di ritmo. «Una vocazione di topo di biblioteca che prima non avevo mai potuto seguire [...] adesso ha preso il sopravvento, con mia piena soddisfazione, devo dire. Non che sia diminuito il mio interesse per quello che succede, ma non sento più la spinta a esserci in mezzo in prima persona. È soprattutto per via del fatto che non sono più giovane, si capisce. Lo stendhalismo, che era stata la filosofia pratica della mia giovinezza, a un certo punto è finito. Forse è solo un processo del metabolismo, una cosa che viene con l'età, ero stato giovane a lungo, forse troppo, tutt'a un tratto ho sentito che doveva cominciare la vecchiaia, sì proprio la vecchiaia, sperando magari d'allungare la vecchiaia cominciandola prima» [Cam 73].

La presa di distanza non è però una scontrosa chiusura all'esterno. In maggio riceve da Jean-Louis Barrault la proposta di scrivere un testo per il suo teatro. All'inizio di giugno partecipa a La Spezia alle riunioni del Gruppo '63. In settembre invia a un editore inglese un contributo al volume *Authors take sides on Vietnam* («In un mondo in cui nessuno può essere contento di se stesso o in pace con la propria coscienza, in cui nessuna nazione o istituzione può pretendere d'incarnare un'idea universale e neppure soltanto la propria verità particolare, la presenza della gente del Vietnam è la sola che dia luce»).

1967
Nella seconda metà di giugno si trasferisce con la famiglia a Parigi, in una villetta sita in Square de Châtillon, col proposito di restarvi cinque anni. Vi abiterà invece fino al 1980, com-

piendo peraltro frequenti viaggi in Italia, dove trascorre anche i mesi estivi.

Finisce di tradurre *I fiori blu* di Raymond Queneau. Alla poliedrica attività del bizzarro scrittore francese rinviano vari aspetti del Calvino maturo: il gusto della comicità estrosa e paradossale (che non sempre s'identifica con il *divertissement*), l'interesse per la scienza e per il gioco combinatorio, un'idea artigianale della letteratura in cui convivono sperimentalismo e classicità.

Da una conferenza sul tema «Cibernetica e fantasmi» ricava il saggio *Appunti sulla narrativa come processo combinatorio*, che pubblica su «Nuova Corrente». Sulla stessa rivista e su «Rendiconti» escono rispettivamente *La cariocinesi* e *Il sangue, il mare*, entrambi poi raccolti nel volume *Ti con zero*.

Verso la fine dell'anno s'impegna con Giovanni Enriques della casa editrice Zanichelli a progettare e redigere, in collaborazione con G.B. Salinari e quattro insegnanti, un'antologia per la scuola media che uscirà nel 1969 col titolo *La lettura*.

1968

Il nuovo interesse per la semiologia è testimoniato dalla partecipazione ai due seminari di Barthes su *Sarrasine* di Balzac all'École des Hautes Études della Sorbona, e a una settimana di studi semiotici all'Università di Urbino, caratterizzata dall'intervento di Greimas.

A Parigi frequenta Queneau, che lo presenterà ad altri membri dell'*Oulipo* (*Ouvroir de littérature potentielle*, emanazione del Collège de Pataphysique di Alfred Jarry), fra i quali Georges Perec, François Le Lionnais, Jacques Roubaud, Paul Fournel. Per il resto, nella capitale francese i suoi contatti sociali e culturali non saranno particolarmente intensi: «Forse io non ho la dote di stabilire dei rapporti personali con i luoghi, resto sempre un po' a mezz'aria, sto nelle città con un piede solo. La mia scrivania è un po' come un'isola: potrebbe essere qui come in un altro paese [...] facendo lo scrittore una parte del mio lavoro la posso svolgere in solitudine, non importa dove, in una casa isolata in mezzo alla campagna, o in un'isola, e questa casa di campagna io ce l'ho nel bel mezzo di Parigi. E così, mentre la vita di relazione connessa col mio lavoro si svolge tutta in Italia, qui ci vengo quando posso o devo stare solo» [EP 74].

Come già nei riguardi dei movimenti giovanili di protesta dei primi anni Sessanta, segue la contestazione studentesca con interesse, ma senza condividerne atteggiamenti e ideologia.

Il suo «contributo al rimescolio di idee di questi anni» [Cam 73] è legato piuttosto alla riflessione sul tema dell'utopia. Matura così la proposta di una rilettura di Fourier, che si concreta nel '71 con la pubblicazione di un'originale antologia di scritti: «È dell'indice del volume che sono particolarmente fiero: il mio vero saggio su Fourier è quello» [Four 71].

Rifiuta il Premio Viareggio per *Ti con zero* («Ritenendo definitivamente conclusa epoca premi letterari rinuncio premio perché non mi sento di continuare ad avallare con mio consenso istituzioni ormai svuotate di significato stop. Desiderando evitare ogni clamore giornalistico prego non annunciare mio nome fra vincitori stop. Credete mia amicizia»); accetterà invece due anni dopo il Premio Asti, nel '72 il Premio Feltrinelli dell'Accademia dei Lincei, poi quello della Città di Nizza, il Mondello e altri.

Per tutto l'anno lavora intensamente ai tre volumi dell'antologia scolastica *La lettura*; i suoi interlocutori alla Zanichelli sono Delfino Insolera e Gianni Sofri.

Pubblica presso il Club degli Editori di Milano *La memoria del mondo e altre storie cosmicomiche*.

Fra il 1968 e il 1972 – insieme con alcuni amici (Guido Neri, Carlo Ginzburg, Enzo Melandri e soprattutto Gianni Celati) – ragiona a voce e per scritto sulla possibilità di dar vita a una rivista («Alì Babà»). Particolarmente viva in lui è l'esigenza di rivolgersi a «un pubblico nuovo, che non ha ancora pensato al posto che può avere la lettura nei bisogni quotidiani»: di qui il progetto, mai realizzato, di «una rivista a larga tiratura, che si vende nelle edicole, una specie di "Linus", ma non a fumetti, romanzi a puntate con molte illustrazioni, un'impaginazione attraente. E molte rubriche che esemplificano strategie narrative, tipi di personaggi, modi di lettura, istituzioni stilistiche, funzioni poetico-antropologiche, ma tutto attraverso cose divertenti da leggere. Insomma un tipo di ricerca fatto con gli strumenti della divulgazione» [Cam 73].

1969
Nel volume *Tarocchi. Il mazzo visconteo di Bergamo e New York* di Franco Maria Ricci appare *Il castello dei destini incrociati*. Prepara la seconda edizione di *Ultimo viene il corvo*. Sul «Caffè» appare *La decapitazione dei capi*.

In primavera esce *La lettura*. Di concezione interamente calviniana sono i capitoli *Osservare e descrivere*, nei quali si propone un'idea di descrizione come esperienza conoscitiva, «*problema da risolvere*» («Descrivere vuol dire tentare delle approssimazioni che ci portano sempre un po' più vicino a quello che vogliamo dire, e nello stesso tempo ci lasciano sempre un po' insoddisfatti, per cui dobbiamo continuamente rimetterci ad osservare e a cercare come esprimere meglio quel che abbiamo osservato» [Let 69]).

1970
Nella nuova collana einaudiana degli «Struzzi» esce in giugno *Gli amori difficili*, primo e unico volume della serie «I racconti di Italo Calvino»; il libro si apre con una sua nota bio-bibliografica non firmata.

Rielaborando il materiale di un ciclo di trasmissioni radiofoniche, pubblica una scelta di brani del poema ariostesco, *Orlando furioso di Ludovico Ariosto raccontato da Italo Calvino*.

Durante gli anni Settanta torna più volte a occuparsi di fiaba, scrivendo tra l'altro prefazioni a nuove edizioni di celebri raccolte (Lanza, Basile, Grimm, Perrault, Pitré).

1971
Einaudi gli affida la direzione della collana «Centopagine», che lo impegnerà per alcuni anni. Fra gli autori pubblicati si conteranno, oltre ai classici a lui più cari (Stevenson, Conrad, James, Stendhal, Hoffmann, un certo Balzac, un certo Tolstoj), svariati minori italiani a cavallo fra Otto e Novecento.

Nella miscellanea *Adelphiana* appare *Dall'opaco*.

1972
In marzo lo scrittore americano John Barth lo invita a sostituirlo per l'anno accademico 1972-73 nel corso di *fiction-writing* da lui tenuto a Buffalo, alla facoltà di Arts and Letters della State University di New York. Alla fine di aprile, sia pure a malincuore, Calvino rinuncia all'invito.

In giugno l'Accademia nazionale dei Lincei gli assegna il Premio Antonio Feltrinelli 1972 per la narrativa; il conferimento del premio avverrà in dicembre.

Pubblica *Le città invisibili*.

In novembre partecipa per la prima volta a un *déjeuner* dell'*Oulipo*, di cui diventerà *membre étranger* nel febbraio successivo. Sempre in novembre esce, sul primo numero dell'edizione italiana di «Playboy», *Il nome, il naso*.

1973
Esce l'edizione definitiva del *Castello dei destini incrociati*.

Rispondendo a un'inchiesta di «Nuovi Argomenti» sull'estremismo, dichiara: «Credo giusto avere una coscienza estremista della gravità della situazione, e che proprio questa gravità richieda spirito analitico, senso della realtà, responsabilità delle conseguenze di ogni azione parola pensiero, doti insomma non estremiste per definizione» [NA 73].

Viene ultimata la costruzione della casa nella pineta di Roccamare, presso Castiglione della Pescaia, dove Calvino trascorrerà d'ora in poi tutte le estati. Fra gli amici più assidui Carlo Fruttero e Pietro Citati.

1974
L'8 gennaio, finalista con *Le città invisibili* del XXIII Premio Pozzale, partecipa al dibattito sulla narrativa italiana del dopoguerra svoltosi alla biblioteca Renato Fucini di Empoli.

Inizia a scrivere sul «Corriere della sera» racconti, resoconti di viaggio e una nutrita serie d'interventi sulla realtà politica e sociale del paese. La collaborazione durerà sino al 1979; tra i primi contributi, il 25 aprile, *Ricordo di una battaglia*. Nello stesso anno un altro scritto d'indole autobiografica, l'*Autobiografia di uno spettatore*, appare come prefazione a *Quattro film* di Federico Fellini.

Per la serie radiofonica «Le interviste impossibili» scrive i dialoghi *Montezuma* e *L'uomo di Neanderthal*.

1975
Nella seconda metà di maggio compie un viaggio in Iran, incaricato dalla Rai di effettuare i sopralluoghi per la futura eventuale realizzazione del programma *Le città della Persia*.

Il primo di agosto si apre sul «Corriere della sera», con *La corsa delle giraffe*, la serie dei racconti del signor Palomar.

Ripubblica nella «Biblioteca Giovani» di Einaudi *La memoria del mondo e altre storie cosmicomiche*.

1976
Fra la fine di febbraio e la metà di marzo è negli Stati Uniti: prima ospite del College di Amherst (Mass.); poi una settimana a Baltimora per i Writing Seminars della Johns Hopkins University (dove tiene seminari sulle *Cosmicomiche* e sui *Tarocchi*, una conferenza e una lettura pubblica delle *Città invisibili*); poi una settimana a New York. Passa infine una decina di giorni in Messico con la moglie Chichita.

Il viaggio in Messico e quello che farà nel mese di novembre in Giappone gli danno lo spunto per una serie di articoli sul «Corriere della sera».

1977
L'8 febbraio, a Vienna, il Ministero austriaco dell'Istruzione e dell'arte gli conferisce lo Staatspreis für Europäische Literatur.

Esce su «Paragone» Letteratura *La poubelle agréée*.

Dà alle stampe *La penna in prima persona* (*Per i disegni di Saul Steinberg*). Lo scritto si inserisce in una serie di brevi lavori, spesso in bilico tra saggio e racconto, ispirati alle arti figurative (in una sorta di libero confronto con opere di Fausto Melotti, Giulio Paolini, Lucio Del Pezzo, Cesare Peverelli, Valerio Adami, Alberto Magnelli, Luigi Serafini, Domenico Gnoli, Giorgio De Chirico, Enrico Baj, Arakawa...).

Sull'«Approdo letterario» di dicembre, col titolo *Il signor Palomar in Giappone*, pubblica la serie integrale dei pezzi ispirati dal viaggio dell'anno precedente.

1978
In una lettera a Guido Neri del 31 gennaio scrive che *La poubelle agréée* fa parte di «una serie di testi autobiografici con una densità più saggistica che narrativa, testi che in gran parte esistono solo nelle mie intenzioni, e in parte in redazioni ancora insoddisfacenti, e che un giorno forse saranno un volume che forse si chiamerà *Passaggi obbligati*».

In aprile, all'età di 92 anni muore la madre. La Villa Meridiana sarà venduta qualche tempo dopo.

1979
Pubblica il romanzo *Se una notte d'inverno un viaggiatore*.

Con l'articolo *Sono stato stalinista anch'io?* (16-17 dicembre) inizia una fitta collaborazione alla «Repubblica» in cui i racconti si alternano alla riflessione su libri, mostre e altri fatti di cultura. Sono quasi destinati a sparire invece, rispetto a quanto era avvenuto con il «Corriere», gli articoli di tema sociale e politico (fra le eccezioni l'*Apologo sull'onestà nel paese dei corrotti*, 15 marzo 1980).

1980
Raccoglie nel volume *Una pietra sopra. Discorsi di letteratura e società* la parte più significativa dei suoi interventi saggistici dal 1955 in poi.

Nel mese di settembre si trasferisce con la famiglia a Roma, in piazza Campo Marzio, in una casa con terrazza a un passo dal Pantheon.

Accetta da Rizzoli l'incarico di curare un'ampia scelta di testi di Tommaso Landolfi.

1981
Riceve la Legion d'onore.
Cura l'ampia raccolta di scritti di Queneau *Segni, cifre e lettere*.

Sulla rivista «Il cavallo di Troia» appare *Le porte di Bagdad*, azione scenica per i bozzetti di Toti Scialoja. Su richiesta di Adam Pollock (che ogni estate organizza a Batignano, presso Grosseto, spettacoli d'opera del Seicento e del Settecento) compone un testo a carattere combinatorio, con funzione di cornice, per l'incompiuto *Singspiel* di Mozart *Zaide*. Presiede a

Venezia la giuria della XXIX Mostra Internazionale del Cinema, che premia, oltre ad *Anni di piombo* di Margarethe von Trotta, *Sogni d'oro* di Nanni Moretti.

1982

All'inizio dell'anno, tradotta da Sergio Solmi, esce da Einaudi la *Piccola cosmogonia portatile* di Queneau; il poema è seguito da una *Piccola guida alla Piccola cosmogonia* cui Calvino ha lavorato fra il 1978 e il 1981, discutendo e risolvendo ardui problemi d'interpretazione e di resa del testo in un fitto dialogo epistolare con Solmi.

All'inizio di marzo, al Teatro alla Scala di Milano, viene rappresentata *La Vera Storia*, opera in due atti scritta da Berio e Calvino. Di quest'anno è anche l'azione musicale *Duo*, primo nucleo del futuro *Un re in ascolto*, sempre composta in collaborazione con Berio.

Su «FMR» di giugno appare il racconto *Sapore sapere*.

In ottobre Rizzoli pubblica il volume *Le più belle pagine di Tommaso Landolfi scelte da Italo Calvino*, con una sua nota finale dal titolo *L'esattezza e il caso*.

In dicembre esce da Einaudi la *Storia naturale* di Plinio con una sua introduzione dal titolo *Il cielo, l'uomo, l'elefante*.

1983

Viene nominato per un mese «directeur d'études» all'École des Hautes Études. Il 25 gennaio tiene una lezione su «Science et métaphore chez Galilée» al seminario di Algirdas Julien Greimas. Legge in inglese alla New York University («James Lecture») la conferenza *Mondo scritto e mondo non scritto*.

Nel pieno della grave crisi che ha colpito la casa editrice Einaudi esce in novembre *Palomar*.

1984

Nel mese di aprile, insieme con la moglie Chichita, compie un viaggio in Argentina, accogliendo l'invito della Feria Internacional del Libro di Buenos Aires. S'incontra anche con Raúl Alfonsín, eletto alcuni mesi prima presidente della repubblica.

In agosto diserta la prima di *Un re in ascolto*; in una lettera a

Claudio Varese del mese successivo scrive: «L'opera di Berio a Salisburgo di mio ha il titolo e credo nient'altro».

In settembre è a Siviglia, dove è stato invitato insieme con Borges a un convegno sulla letteratura fantastica.

In seguito alle perduranti difficoltà finanziarie dell'Einaudi decide di accettare l'offerta dell'editore milanese Garzanti, presso il quale appaiono in autunno *Collezione di sabbia* e *Cosmicomiche vecchie e nuove*.

1985
S'impegna con la casa editrice Einaudi a scrivere un'introduzione per *America* di Kafka.

Passa l'estate lavorando intensamente nella sua casa di Roccamare: traduce *La canzone del polistirene* di Queneau (il testo apparirà postumo presso Scheiwiller, come strenna fuori commercio della Montedison); mette a punto la stesura definitiva di un'intervista a Maria Corti che uscirà nel numero di ottobre di «Autografo»; e soprattutto prepara il testo delle conferenze (*Six Memos for the Next Millennium*) che dovrà tenere all'Università Harvard («Norton Lectures») nell'anno accademico 1985-86.

Colpito da ictus il 6 settembre, viene ricoverato e operato all'ospedale Santa Maria della Scala di Siena. Muore in seguito a emorragia cerebrale nella notte fra il 18 e il 19.

Nella *Cronologia* si è fatto ricorso alle seguenti abbreviazioni:

Accr 60 = *Ritratti su misura di scrittori italiani*, a cura di Elio Filippo Accrocca, Sodalizio del Libro, Venezia 1960.

As 74 = *Autobiografia di uno spettatore*, prefazione a Federico Fellini, *Quattro film*, Einaudi, Torino 1974; poi in *La strada di San Giovanni*, Mondadori, Milano 1990.

Bo 60 = *Il comunista dimezzato*, intervista di Carlo Bo, «L'Europeo», 28 agosto 1960.

Cam 73 = Ferdinando Camon, *Il mestiere di scrittore*. Conversazioni critiche con G. Bassani, I. Calvino, C. Cassola, A. Moravia, O. Ottieri, P.P. Pasolini, V.

Pratolini, R. Roversi, P. Volponi, Garzanti, Milano 1973.

Conf 66 = «Il Confronto», II, 10, luglio-settembre 1966.

DeM 59 = *Pavese fu il mio lettore ideale*, intervista di Roberto De Monticelli, «Il Giorno», 18 agosto 1959.

D'Er 79 = *Italo Calvino*, intervista di Marco d'Eramo, «mondoperaio», 6, giugno 1979, pp. 133-38.

EP 74 = *Eremita a Parigi*, Edizioni Pantarei, Lugano 1974.

Four 71 = *Calvino parla di Fourier*, «Libri – Paese sera», 28 maggio 1971.

Gad 62 = Risposta all'inchiesta *La generazione degli anni difficili*, a cura di Ettore A. Albertoni, Ezio Antonini, Renato Palmieri, Laterza, Bari 1962.

Let 69 = *Descrizioni di oggetti*, in *La lettura. Antologia per la scuola media*, a cura di Italo Calvino e Giambattista Salinari, con la collaborazione di Maria D'Angiolini, Melina Insolera, Mietta Penati, Isa Violante, vol. I, Zanichelli, Bologna 1969.

Men 73 = *Presentazione del Menabò* (1959-1967), a cura di Donatella Fiaccarini Marchi, Edizioni dell'Ateneo, Roma 1973.

NA 73 = *Quattro risposte sull'estremismo*, «Nuovi Argomenti», n.s., 31, gennaio-febbraio 1973.

Nasc 84 = *Sono un po' stanco di essere Calvino*, intervista di Giulio Nascimbeni, «Corriere della sera», 5 dicembre 1984.

Par 60 = Risposta al questionario di un periodico milanese, «Il paradosso», rivista di cultura giovanile, 23-24, settembre-dicembre 1960, pp. 11-18.

Pes 83 = *«Il gusto dei contemporanei». Quaderno numero tre. Italo Calvino*, Banca Popolare Pesarese, Pesaro 1987.

RdM 80 = *Se una sera d'autunno uno scrittore*, intervista di Ludovica Ripa di Meana, «L'Europeo», 17 novembre 1980, pp. 84-91.

Rep 80 = *Quel giorno i carri armati uccisero le nostre speranze*, «la Repubblica», 13 dicembre 1980.

Rep 84 = *L'irresistibile satira di un poeta stralunato*, «la Repubblica», 6 marzo 1984.

Bibliografia essenziale

Monografie

G. Bonura, *Invito alla lettura di Italo Calvino*, Mursia, Milano 1972 (nuova ed. aggiornata, ivi 1985).

C. Calligaris, *Italo Calvino*, Mursia, Milano 1973 (nuova ed. aggiornata a cura di G.P. Bernasconi, ivi 1985).

F. Bernardini Napoletano, *I segni nuovi di Italo Calvino. Da «Le Cosmicomiche» a «Le città invisibili»*, Bulzoni, Roma 1977.

G.C. Ferretti, *Le capre di Bikini. Calvino giornalista e saggista 1945-1985*, Editori Riuniti, Roma 1989.

C. Benussi, *Introduzione a Calvino*, Laterza, Roma-Bari 1989.

C. Milanini, *L'utopia discontinua. Saggio su Italo Calvino*, Garzanti, Milano 1990.

G. Bertone, *Italo Calvino. Il castello della scrittura*, Einaudi, Torino 1994.

R. Deidier, *Le forme del tempo. Saggio su Italo Calvino*, Guerini e Associati, Milano 1995.

Ph. Daros, *Italo Calvino*, Hachette, Paris 1995.

M. Belpoliti, *L'occhio di Calvino*, Einaudi, Torino 1996.

F. Serra, *Calvino e il pulviscolo di Palomar*, Le Lettere, Firenze 1996.

M.L. McLaughlin, *Italo Calvino*, Edinburgh University Press, Edinburgh 1998.

P. Castellucci, *Un modo di stare al mondo. Italo Calvino e l'America*, Adriatica, Bari 1999.

S. Perrella, *Calvino*, Laterza, Roma-Bari 1999.

D. Scarpa, *Italo Calvino*, Bruno Mondadori, Milano 1999.

M. Lavagetto, *Dovuto a Calvino*, Bollati Boringhieri, Torino 2001.

A. Asor Rosa, *Stile Calvino. Cinque studi*, Einaudi, Torino 2001.

Profili critici in libri e riviste

G. Almansi, *Il mondo binario di Italo Calvino*, «Paragone», agosto 1971 (ripreso in parte, col titolo *Il fattore Gnac*, in *La ragione comica*, Feltrinelli, Milano 1986).
G. Falaschi, *Italo Calvino*, «Belfagor», 30 settembre 1972,
M. Barenghi, *Italo Calvino e i sentieri che s'interrompono*, «quaderni piacentini» (n.s.), 15, 1984.
P.V. Mengaldo, *Aspetti della lingua di Calvino* [1987], in *La tradizione del Novecento. Terza serie*, Einaudi, Torino 1991.
A. Berardinelli, *Calvino moralista. Ovvero restare sani dopo la fine del mondo*, «Diario», 9, febbraio 1991.
G. Ferroni, *Italo Calvino*, in *Storia della letteratura italiana*, vol. IV (*Il Novecento*), Einaudi, Torino 1991.
J. Starobinski, *Prefazione*, in Italo Calvino, *Romanzi e racconti*, ed. diretta da C. Milanini, a cura di M. Barenghi e B. Falcetto, vol. I, Mondadori, Milano 1991.
C. Milanini, *Introduzione*, in Italo Calvino, *Romanzi e racconti* cit., vol. I e vol. II, 1991 e 1992.
M. Barenghi, *Introduzione*, in *Saggi. 1945-1985*, Mondadori, Milano 1995.
P.V. Mengaldo, *Italo Calvino*, in *Profili di critici del Novecento*, Bollati Boringhieri, Torino 1998.

Atti di convegni e altri volumi collettanei

Italo Calvino: la letteratura, la scienza, la città. Atti del convegno nazionale di studi di Sanremo (28-29 novembre 1986), a cura di C. Bertone, Marietti, Genova 1988: contributi di G. Bertone, N. Sapegno, E. Gioanola, V. Coletti, G. Conte, P. Ferrua, M. Quaini, F. Biamonti, G. Dossena, G. Celli, A. Oliverio, R. Pierantoni, G. Dematteis, G. Poletto, L. Berio, G. Einaudi, E. Sanguineti, E. Scalfari, D. Cossu, G. Napolitano, M. Biga Bestagno, S. Dian, L. Lodi, S. Perrella, L. Surdich.
Italo Calvino. Atti del Convegno internazionale (Firenze, 26-28 febbraio 1987), a cura di G. Falaschi, Garzanti, Milano 1988: contributi di L. Baldacci, G. Bàrberi Squarotti, C. Bernardini, G.R. Cardona, L. Caretti, C. Cases, Ph. Daros,

D. Del Giudice, A.M. Di Nola, A. Faeti, G. Falaschi, G.C. Ferretti, F. Fortini, M. Fusco, J.-M. Gardair, E. Ghidetti, L. Malerba, P.V. Mengaldo, G. Nava, G. Pampaloni, L. Waage Petersen, R. Pierantoni, S. Romagnoli, A. Asor Rosa, J. Risset, C.C. Roscioni, A. Rossi, G. Sciloni, V. Spinazzola, C. Varese.

L'avventura di uno spettatore. Italo Calvino e il cinema [convegno di San Giovanni Valdarno, 1987], a cura di L. Pellizzari, prefazione di S. Beccastrini, Lubrina, Bergamo 1990: contributi di G. Fofi, A. Costa, L. Pellizzari, M. Canosa, G. Fink, G. Bogani, L. Clerici, F. Maselli, C. di Carlo, L. Tornabuoni.

Italo Calvino, a writer for the next millennium. Atti del Convegno internazionale di studi di Sanremo (28 novembre - 1° dicembre 1996), a cura di G. Bertone, Edizioni dell'Orso, Alessandria 1998: contributi di G. Bertone, F. Biamonti, G. Ferroni, E. Sanguineti, E. Ferrero, C. Milanini, G.C. Ferretti, G. Einaudi, E. Franco, A. Canobbio, M. Ciccuto, B. Ferraro, G.L. Beccaria, G. Falaschi, M. Belpoliti, P.L. Crovetto, M.L. McLaughlin, V. Coletti, M. Quaini, L. Mondada, C. Raffestin, V. Guarrasi, G. Dematteis, M. Corti, L. Surdich, C. Benussi, P. Zublena.

Il fantastico e il visibile. L'itinerario di Italo Calvino dal neorealismo alle «Lezioni americane» (Napoli, 9 maggio 1997), a cura di C. De Caprio e U.M. Olivieri, con una Bibliografia della critica (1947-2000) di D. Scarpa, Libreria Dante & Descartes, Napoli 2000: contributi di G. Ferroni, C. Ossola, C. De Caprio, M.A. Martinelli, P. Montefoschi, M. Palumbo, F.M. Risolo, C. Bologna, G. Patrizi, M. Boselli, J. Jouet, L. Montella, U.M. Olivieri, D. Scarpa, C. Vallini, M. Belpoliti, S. Perrella, A. Bruciamonti, E.M. Ferrara, L. Palma.

Numeri speciali di periodici

«Nuova Corrente», *Italo Calvino/1*, a cura di M. Boselli, gennaio-giugno 1987: contributi di B. Falcetto, C. Milanini, K. Hume, M. Carlino, L. Gabellone, F. Muzzioli, M. Barenghi, M. Boselli, E. Testa.

«Nuova Corrente», *Italo Calvino/2*, a cura di M. Boselli, luglio-dicembre 1987: contributi di G. Celati, A. Prete, S. Verdino, E.

Gioanola, V. Coletti, G. Patrizi, G. Guglielmi, C. Gramigna, G. Terrone, R. West, G.L. Lucente, G. Almansi.

«Riga», 9, 1995, *Italo Calvino. Enciclopedia: arte, scienza e letteratura,* a cura di M. Belpoliti: antologia di testi di Calvino e di E. Sanguineti, E. Montale, P.P. Pasolini, J. Updike, G. Vidal, M. Tournier, G. Perec, P. Citati, S. Rushdie, C. Fuentes, D. Del Giudice, Fruttero e Lucentini, L. Malerba, N. Ginzburg, H. Mathews, F. Biamonti, A. Tabucchi, G. Manganelli, G. Celati, P. Antonello, M. Belpoliti, R. Deidier, B. Falcetto, M. Porro, F. Ricci, M. Rizzante, D. Scarpa, F. De Leonardis, G. Paolini.

«europe», 815, Mars 1997, *Italo Calvino*: contributi di J.-B. Para e R. Bozzetto, N. Ginzburg, S. Rushdie, G. Celati, M.-A. Rubat du Mérac, M. Fusco, J. Jouet, A. Asor Rosa, J. Updike, P. Citati, M. Lavagetto, D. Del Giudice, G. Manganelli, M. Belpoliti, J.P. Manganaro, P. Braffort, M. Barenghi, C. Milanini.

Studi e recensioni su «La formica argentina» e «La nuvola di smog»

P. Milano, *Il vecchio e il nuovo Calvino. 1. Cronache di vita difficile* [1958], in *Il lettore di professione*, Feltrinelli, Milano 1960, pp. 256-59.

E. Zolla, *I racconti di Calvino*, «Tempo presente», dicembre 1958.

P. Citati, *I racconti di Calvino* [1959], in *Il tè del Cappellaio matto*, Mondadori, Milano 1972, pp. 232-35.

R. Barilli, *I racconti di Calvino* [1959], in *La barriera del naturalismo*, Mursia, Milano 1980, pp. 240-50.

M. Boselli, *Il linguaggio dell'attesa*, «Nuova Corrente», 28-29, primavera 1963, pp. 134-52.

G. Bàrberi Squarotti, *A proposito del saggio di Mario Boselli su «La nuvola di smog»*, «Nuova Corrente», 32-33, primavera-estate 1964, pp. 111-16.

M. Boselli, *Risposta a Calvino*, «Nuova Corrente», 36, primavera 1965, pp. 106-16.

B. Falcetto, *Note e notizie sui testi. La formica argentina*, in *Romanzi e racconti*, I, Mondadori, Milano 1991, pp. 1312-15.

B. Falcetto, *Note e notizie sui testi. La nuvola di smog*, in *Romanzi e racconti*, I, Mondadori, Milano 1991, pp. 1352-60.

La nuvola di smog

Era un periodo che non m'importava niente di niente, quando venni a stabilirmi in questa città. Stabilirmi non è la parola giusta. Di stabilità non avevo alcun desiderio; volevo che intorno a me tutto restasse fluido, provvisorio, e solo così mi pareva di salvare una mia stabilità interiore, che però non avrei saputo spiegare in che cosa consistesse. Perciò, quando, attraverso una catena di raccomandazioni, mi fu offerto un posto di redattore del periodico «La Purificazione», venni qui a cercare alloggio.

Per uno appena sbarcato dal treno, si sa, la città è tutta una stazione: gira gira e si ritrova in vie sempre più squallide, tra rimesse, magazzini di spedizionieri, caffè col banco di zinco, camion che gli soffiano in faccia getti puzzolenti, e cambia continuamente di mano la valigia, si sente le mani gonfie, sudice, la biancheria appiccicata addosso, il nervoso, e tutto quello che vede è nervoso, frantumato. La camera ammobiliata che faceva per me la trovai proprio in una di queste vie; agli stipiti del portone c'erano due grappoli di cartelli, pezzi di scatole da scarpe appesi a spaghi, con l'avviso delle camere da affittare scritto a rozzi caratteri e le marche da bollo in un angolo. Io che ogni tanto mi fermavo per cambiare di mano la valigia, vidi i cartelli ed entrai. In ogni scala, a ogni piano di quel casamento c'era un paio d'affittacamere; suonai al primo piano della scala C.

Era una camera qualsiasi, un po' buia perché dava nel cortile per una porta-finestra, e ci s'entrava di lì, per un ballatoio dalla ringhiera rugginosa, così restava indipendente dal resto dell'alloggio, ma prima si doveva passare per un seguito di cancelletti chiusi a chiave; la padrona, signorina Margariti, era sorda, e temeva giustamente i ladri. Non c'era bagno; il gabinetto era sul ballatoio, in un casotto di legno; in camera c'era un lavabo con l'acqua corrente, senza impianto d'acqua calda. Ma insomma, cosa andavo cercando? L'affitto mi conveniva, anzi era l'unico possibile, perché di più non potevo spendere e non avrei trovato a meno; e poi doveva esser tutto provvisorio e volevo che questo apparisse chiaro anche a me stesso.

– Sì, sì, la prendo, – dissi alla signorina Margariti che credette avessi chiesto se ci faceva freddo e mi mostrò la stufa. Ormai avevo visto tutto e volevo lasciare lì i bagagli e uscire. Ma prima m'avvicinai al lavabo e misi le mani sotto il rubinetto; da quando ero arrivato avevo voglia di lavarmele, ma mi diedi solo una sciacquata perché mi seccava aprire la valigia per cercare il sapone.

– Oh, perché non me l'ha detto? Le porto subito la salvietta! – disse la signorina Margariti; corse di là e tornò con un asciugamani stirato che depose sulla spalliera della sedia. Io mi portai anche un po' d'acqua al viso, per rinfrescarmi; mi sentivo fastidiosamente non pulito; poi mi strofinai con l'asciugamani. Da quel gesto la padrona finalmente capì che intendevo fissare la camera. – Ah, la prende! la prende! Bene, vorrà cambiarsi, disfare la valigia, faccia pure il suo comodo, qua c'è l'attaccapanni, dia qui a me il cappotto!

Non mi lasciai sfilare il soprabito; volevo uscire subito. Mi preoccupai soltanto di dirle che avevo bisogno d'uno scaffale: doveva arrivarmi una cassa di libri, quel po' di biblioteca che ero riuscito a tenere insieme nella mia vita squinternata. Stentai a farmi capire dalla sorda; alla fine mi condusse di là, nelle sue stanze, davanti a un piccolo *étagère* dove teneva i suoi cestini da lavoro, scatole di rocchetti, roba da aggiustare e modelli di ricami; mi disse che l'avrebbe sgombrato e trasportato nella mia stanza. Uscii.

Il periodico «La Purificazione» era l'organo d'un Ente, e io dovevo presentarmi lì per stabilire quel che avevo da fare. Lavoro nuovo, città diversa, fossi stato più giovane o mi fossi aspettato di più dalla vita, m'avrebbero dato slancio e contentezza; adesso no, non sapevo vedere che il grigio, il misero che mi circondava, e cacciarmici dentro, non tanto come se vi fossi rassegnato, ma addirittura come se mi piacesse, perché ne traevo la conferma che la vita non poteva essere diversa. Perfino le vie che dovevo percorrere, le sceglievo così, le più secondarie e strette e anonime, anche se mi sarebbe stato facile passare per quelle con le vetrine eleganti e i bei caffè; ma mi dispiaceva perdere l'espressione dei visi logori dei passanti, l'aria striminzita dei ristoranti a buon mercato, lo stantio delle bottegucce, e anche certi rumori propri delle vie strette: i tram, le frenate dei furgoncini, lo sfriggere dei saldatori nelle piccole officine dei cortili: tutto perché quei logorii e stridori esterni m'impedivano di dar troppa importanza ai logorii e stridori che mi portavo dentro io.

Invece, per raggiungere quell'indirizzo, dovetti a un certo punto entrare in una zona tutta diversa, signorile, verdeggiante, antiquata, poco frequentata da veicoli nelle vie secondarie, abbastanza spaziosa nei grandi viali e controviali perché il traffico vi scorresse senza congestione né frastuono. Era autunno; qualche albero era d'oro. Il marciapiede non seguiva più muri di case ma cancelli, e di lì erano siepi, aiole, vialetti di ghiaia, che circondavano edifici tra il palazzo e la villa, dalle architetture ornate. Avvertivo adesso uno spaesamento diverso, perché non trovavo più cose in cui riuscissi a riconoscermi come prima, o a decifrare l'avvenire. (Non che io creda ai segni, ma per uno che è nervoso, in luoghi nuovi, ogni cosa che vede è sempre un segno).

Ero un po' disorientato, dunque, quando entrai negli uffici di quell'Ente, diversi da come me li ero immaginati, perché erano saloni d'un palazzo gentilizio, con specchiere e consolle e camini di marmo e tappezzerie e tappeti (ma il mobilio vero e proprio invece era normale fornitura d'ufficio novecento, e l'illuminazione era del tipo più moderno, con i tubi). Insomma, io adesso mi trovavo in soggezione per aver fissato quella camera così brutta e buia; tanto più quando venni introdotto nello studio del presidente, l'ingegner Cordà, che subito m'accolse con un'espansività esagerata, trattandomi da pari a pari, non solo come prestigio sociale e gerarchico – il che era già una situazione difficile da sostenere – ma soprattutto pari a lui come competenza e interesse nei problemi di cui l'Ente e il giornale «La Purificazione» si occupavano. Io che, a esser sinceri, credevo che fosse tutta una storia messa su tanto per fare, da parlarne strizzando l'occhio, e avevo accettato quel lavoro come un lavoro purchessia, adesso dovevo far la parte di quello che non ha mai pensato ad altro in vita sua.

L'ingegner Cordà era un uomo sulla cinquantina dall'aria giovanile e coi baffi neri, cioè era uno di quella generazione che nonostante tutto è rimasta con l'aria giovanile e i baffi neri, tipi con cui non ho mai avuto nulla da spartire. Tutto in lui, discorsi, aspetto esteriore – vestiva di grigio, impeccabile, camicia d'un candore perfetto –, gesti – muoveva una mano con la sigaretta tra le dita –, spirava efficienza, facilità, ottimismo, spregiudicatezza. Mi mostrò i numeri de «La Purificazione» che erano usciti fin allora, messi insieme da lui (che ne era il direttore) e dal capufficio-stampa dell'Ente, dottor Avandero (me lo presentò; uno di quei tipi che parlano come fosse scritto a macchina). Erano pochi numeri, assai magri, e si vedeva che non erano fatti da gente del mestiere. Per quel poco che m'intendevo di come si fanno i giornali, trovai il modo di dirgli – senza far critiche, s'intende – come l'avrei fatto io, le modificazioni tecniche che avrei apportato. M'era venuto d'usare anch'io quello stesso tono di praticità, di sicurezza dei propri risultati; e m'accorsi con soddisfazione che ci intendevamo. Con soddisfazione: perché io più facevo l'efficiente e l'ottimista più pensavo a quella camera d'affitto misera, a quelle vie squallide, a quel senso di rugginoso e d'attaccaticcio che mi portavo addosso, al mio non importarmene niente di niente, e mi pareva di fare un gioco di prestigio, di stare trasformando in un ammasso di briciole sotto gli occhi dell'ingegner Cordà e del dottor Avandero tutta la loro efficienza tecnico-industriale, e loro non se ne accorgevano, e Cordà annuiva tutto entusiasta.

– Benissimo, allora senz'altro lei domani, siamo intesi, e intanto, – mi diceva Cordà, – perché sia aggiornato... – e voleva darmi da leggere gli atti del loro ultimo congresso. – Ecco, – mi condusse davanti a uno scaffale dov'erano disposte in tante pile le copie ciclostilate delle relazioni. – Vede? Prenda questa, e quest'altra, e questa ce l'ha già? Ecco, conti lei se ci son tutte, – e così dicendo prendeva in mano quei fogli; fu allora che io vidi da essi sollevarsi una piccola nube di polvere, e sulla loro superficie appena toccata disegnarsi l'orma delle dita. Ora l'ingegnere, sollevando i fogli, cercava di dar loro una sbattutina, ma appena appena, come non volesse ammettere che erano impolverati, e ci soffiava a fior di labbra. Stava attento a non mettere le dita sulla prima pagina d'ogni relazione, ma bastava che la sfiorasse con la punta d'un'unghia perché un serpentello bianco rimanesse tracciato su quello che ora appariva un fondo grigio, ricoperto com'era d'un velo minutissimo di polvere. Però le dita gli restavano sporche lo stesso, si vede, e cercava di pulirsele piegandole sul palmo e muovendo i polpastrelli, col risultato di riempirsi di polvere tutta la mano. Allora istintivamente abbassava le mani ai fianchi dei pantaloni di flanella grigia, e si tratteneva appena in tempo, le risollevava, e così stavamo tutti e due, muovendo i polpastrelli a mezz'aria e passandoci quelle relazioni, prendendole appena appena per il margine come fossero foglie d'ortica, e intanto continuavamo a sorridere, a sorridere, ad annuire, compiaciuti, a dire: – Oh, sì, un congresso interessante! Oh, sì, una buona attività! – ma io m'accorgevo che l'ingegnere si sentiva sempre più nervoso e insicuro, e non riusciva a sostenere il mio sguardo trionfante, il mio sguardo trionfante e disperato, perché tutto confermava d'essere veramente come io pensavo.

Tardavo a prender sonno. La camera, apparentemente tranquilla, di notte era raggiunta da suoni che imparai a decifrare a poco a poco. A tratti si sentiva salire una voce deformata da un altoparlante, che dava brevi avvertimenti incomprensibili; se m'ero assopito mi svegliavo credendo d'essere in treno perché il timbro e la cadenza erano quelli degli altoparlanti delle stazioni, come affiorano la notte nel dormiveglia del viaggiatore. Fattoci l'orecchio, riuscii ad afferrare le parole. «Due raviolini al sugo... – dicevano. – Una bistecca ai ferri... Una costata...» La camera era sopra le cucine della birreria «Urbano Rattazzi», che faceva servizio di tavola calda anche dopo mezzanotte: dal banco i camerieri trasmettevano le ordinazioni ai cuochi scandendole in un citofono. Sulla scia dei messaggi saliva fino a me un confuso vocio e talora il coro intonato da qualche comitiva. Ma era un buon locale, un po' caro, frequentato da un pubblico non volgare: erano rare le notti in cui un ubriaco dava in smanie e rovesciava i tavoli carichi di bicchieri. Stando a letto i rumori della veglia altrui arrivavano attutiti, senza brio né colore come attraverso una nebbia; la voce nell'altoparlante: «Un contorno di patatine fritte...

Arrivano quei raviolini?» era d'una tristezza nasale e rassegnata.

Verso le due e mezzo la birreria «Urbano Rattazzi» calava le saracinesche; i camerieri, alzato il bavero dei soprabiti sopra le giacchette tirolesi dell'uniforme, uscivano dalla porta della cucina e attraversavano il cortile chiacchierando. Verso le tre un frastuono di ferraglie invadeva il cortile: gli sguatteri trascinavano fuori i pesanti bidoni da birra vuoti inclinandoli sugli orli e facendoli ruotare e sbatacchiandoli; poi si mettevano a sciacquarli. Erano gente, questi sguatteri, che se la prendeva calma, certo essendo pagati a ore, e lavoravano sbadati, fischiando e con gran fracasso di quei fusti di zinco, per un paio d'ore. Verso le sei veniva il camion della birra a portare i bidoni pieni e a ritirare i vuoti; ma già nella sala della «Urbano Rattazzi» erano cominciati i rumori delle lucidatrici che pulivano i pavimenti per la giornata che ricominciava.

Nei momenti di silenzio, in piena notte, di là, dalle stanze della signorina Margariti, esplodeva nel buio un parlare fitto fitto, frammisto di risatine, di domande e risposte, tutte d'una sola voce femminile in falsetto; la sorda non sapeva distinguere l'atto del pensare da quello del dire ad alta voce e a ogni ora del giorno o anche svegliandosi nel cuor della notte, ogni volta che s'infervorava in un pensiero, in un ricordo, in un rimorso, si metteva a parlare da sola, modulando le battute di dialoghi tra diversi interlocutori. Per fortuna questi soliloqui, data la concitazione, erano incomprensibili; eppure comunicavano il disagio d'essere messi a parte di intimità indiscrete.

Di giorno, quando entravo in cucina a chiederle un po' d'acqua calda per la barba (a bussare non sentiva e dovevo entrare nel raggio del suo sguardo perché s'accorgesse della mia presenza), mi capitava di sorprenderla che parlava allo specchio con sorrisi e smorfie, o seduta su una sedia con lo sguardo nel vuoto, che si raccontava qualche storia; allora si ricomponeva d'improvviso e diceva: – Uh! stavo parlando al gatto, – oppure: – Scusi, non l'avevo vista: stavo pregando, – (era molto devota) ma il più delle volte non si rendeva conto d'esser stata intesa.

Che molti dei suoi discorsi fossero rivolti al gatto, era vero. Riusciva a fargli dei discorsi di ore, e certe sere la sentivo continuare a fare «pcc... pcc... micio micio micio» alla finestra, aspettando che tornasse dai suoi giri per ballatoi, tetti e terrazzi. Era un gatto striminzito e selvatico, d'un pelo nerastro che ogni volta che tornava a casa era grigio, come se assorbisse tutta la polvere e la fuliggine del quartiere. Da me scappava appena mi vedeva di lontano e si nascondeva sotto qualche mobile, come se l'avessi per lo meno picchiato, sebbene neanche gli badassi. Ma in camera mia, mentre non c'ero, doveva entrarci: la camicia bianca lavata che la padrona disponeva sul marmo del cassettone la trovavo sempre con le impronte fuligginose delle sue zampe sul colletto e sul petto. Mi mettevo a gridare imprecazioni, che presto interrompevo perché la sorda non m'avrebbe sentito, e andavo di là a metterle il disastro sotto gli occhi. Si rammaricava, cercava il gatto per punirlo; mi spiegava che certo quando lei era entrata in camera mia per portare la camicia il gatto l'aveva seguita senza che lei s'accorgesse; così l'aveva chiuso dentro e la bestia aveva sfogato la sua rabbia di non poter uscire saltando sopra il cassettone.

Avevo solo tre camicie e dovevo darle a lavare continuamente perché – non so se fosse la vita ancora non ben assestata che facevo, l'ufficio da mettere in ordine – dopo mezza giornata erano già sporche. Così mi toccava sovente d'andare in ufficio con le orme del gatto sul colletto.

Alle volte trovavo le orme anche sul guanciale. Doveva esser rimasto chiuso dopo aver seguito la signorina Margariti che la sera veniva «a far la rovescina» al mio letto.

Non c'era da meravigliarsi che il gatto fosse così sporco: bastava posare una mano sulla ringhiera del ballatoio per ritirarla striata di nero. Ogni volta che rincasavo, a manovrare con le chiavi attorno a quattro serrature o lucchetti, e poi a ficcare le dita tra i listelli della persiana per aprire e richiudere la portafinestra, mi sporcavo le mani in modo che entrando dovevo tenerle sollevate per non lasciare impronte, e andare subito al lavabo.

Con le mani lavate e asciugate mi sentivo subito meglio, come se ne avessi riacquistato l'uso, e mi mettevo a toccare e a spostare quei pochi oggetti che c'erano intorno. La signorina Margariti, devo dire, teneva la camera abbastanza pulita; spolverare, spolverava tutti i giorni; però alle volte, a mettere le mani in certi punti dove lei non arrivava (era di statura molto bassa, e corta di braccia) le ritraevo tutte vellutate di polvere e dovevo tornare subito a lavarmele.

Il problema più grave erano i libri: li avevo messi in ordine su quell'*étagère* ed erano essi soltanto a darmi l'impressione che quella fosse la mia casa; l'ufficio mi lasciava del tempo libero e volentieri avrei passato qualche ora in camera a leggere. Però i libri si sa quanta polvere assorbano: ne sceglievo uno allo scaffale, ma prima d'aprirlo dovevo strofinarlo con un cencio tutt'intorno, sul taglio, e poi sbatterlo per bene: ne usciva un polverone. Allora mi rilavavo le mani e poi mi buttavo sul letto a leggere. Ma sfogliando il libro, è inutile, mi sentivo sui polpastrelli quel velo che diventava sempre più soffice e spesso e mi guastava il piacere della lettura. M'alzavo, tornavo al lavabo, mi davo ancora una sciacquata alle mani, ma adesso mi sentivo impolverato anche sulla camicia, sui vestiti. Avrei voluto rimettermi a leggere ma ora avevo le mani pulite e mi dispiaceva sporcarmele di nuovo. Così decidevo d'uscire.

Naturalmente, tutte le operazioni dell'uscita: la persiana, la ringhiera, le serrature, mi riducevano le mani peggio di prima, ma ora dovevo tenermele così fino a che non arrivavo all'ufficio. In ufficio, appena arrivato, correvo alla *toilette* a lavarmele; l'asciugamani dell'ufficio però era tutto nero d'impronte; facevo per asciugarmi e già mi risporcavo.

I primi giorni di lavoro all'Ente li impiegai a mettere in ordine la mia scrivania. Il tavolo che m'era stato assegnato era infatti carico di roba: fogli, corrispondenza, cartelle, vecchi giornali; insomma, era stato fin allora una specie di tavolo di sgombero su cui venivano posate le cose che non avevano un posto preciso. Il mio primo impulso era stato quello di far piazza pulita: ma poi avevo visto che c'era del materiale necessario per il giornale, e altre cose che dovevano avere un certo interesse e che mi ripromisi d'esaminare con più calma. Insomma finii per non togliere niente dal tavolo e invece aggiunsi molta roba, però non in disordine, anzi cercavo di tener tutto ordinato. Si capisce che le carte che c'erano prima erano molto polverose e comunicavano la loro polverosità anche alle carte nuove. Io poi, molto geloso del mio ordine, avevo dato disposizione alle donne della pulizia che non toccassero nulla, e questo faceva sì che un po' di polvere si depositasse da un giorno all'altro sulle carte, specie sul materiale di cancelleria, carta da lettere, buste intestate eccetera, che nel giro di pochi giorni prendevano un aspetto vecchio e sporco e dava noia a toccarle.

I cassetti, anche lì, la stessa storia! C'erano dentro stratificate cartacce polverose di decenni prima, che testimoniavano la lunga carriera di quella scrivania attraverso diversi uffici pubblici e privati. Qualsiasi cosa facessi su quel tavolo, dopo pochi minuti sentivo il bisogno d'andarmi a lavare le mani.

Il mio collega, dottor Avandero, aveva invece le mani – manine gracili ma dotate d'una certa durezza nervosa – sempre pulite, molto curate, con le unghie lustre, nette e uniformemente aguzze.

– Ma lei, scusi, – provai a chiedergli, – non trova, dopo un po', a stare qui, le mani, è vero, ha visto come ci si sporca?

– Probabilmente, dottore, – rispose Avandero con la sua aria sempre compunta, – lei avrà toccato qualche oggetto o incartamento non perfettamente spolverato. Se mi permette di darle un consiglio, è sempre bene che il piano della scrivania sia lasciato completamente sgombro.

Difatti, il tavolo di Avandero era sgombro, pulito, lucido, con solo la pratica che stava sbrigando in quel momento e la biro che teneva in mano. – È un'abitudine, – egli soggiunse, – cui il presidente tiene molto –. Difatti, l'ingegner Cordà l'aveva detto anche a me: il dirigente che tiene la sua scrivania completamente sgombra è quello che non lascia mai accumulare le pratiche, che avvia subito ogni problema alla soluzione. Ma Cordà in ufficio non c'era mai, e quando c'era si fermava un quarto d'ora, si faceva portare grandi fogli di grafici e di statistiche, dava veloci e generiche disposizioni ai suoi sottoposti, smistava le varie incombenze tra l'uno e l'altro senza preoccuparsi del grado di difficoltà di ciascuna, dettava rapidamente qualche lettera alla stenografa, firmava la corrispondenza in partenza, e via.

Avandero no, Avandero stava in ufficio mattina e pomeriggio, aveva l'aria di lavorare moltissimo e di dare moltissimo lavoro alle stenografe e alle dattilografe, ma riusciva a non tenere mai un pezzo di carta sulla sua scrivania più di dieci minuti. Questa storia non m'andava proprio giù; cominciai a sorvegliarlo e m'accorsi che le carte, se sul suo tavolo si fermavano pochissimo, andavano poi subito ad arenarsi da qualche altra parte. Una volta lo sorpresi che, non sapendo cosa fare d'alcune lettere che aveva in mano, s'avvicinava al mio tavolo (io ero andato un momento a lavarmi le mani) e le posava lì, nascondendole sotto una cartella. E poi, rapidamente, estraeva il fazzoletto dal taschino, si spolverava le dita e andava a sedersi al suo posto, dove la biro era posata parallela al margine d'un foglio immacolato.

Potevo entrare tutt'a un tratto e fargli fare una brutta figura. Ma mi bastava aver visto, mi bastava sapere che le cose andavano così.

Dato che entravo in camera mia dal ballatoio, il resto dell'appartamento della signorina Margariti restava per me terra inesplorata. La signorina abitava sola, affittando due camere sul cortile, la mia e un'altra vicina, del cui inquilino conoscevo solo il pesante passo a notte tarda e di mattina presto (era un sottufficiale di polizia, appresi, e non si vedeva mai durante il giorno). Il resto dell'appartamento, che doveva essere piuttosto vasto, era tutto per lei.

Qualche volta mi capitò di doverla cercare perché la chiamavano al telefono: lei non sentiva il campanello e finivo per andare io a rispondere; col ricevitore all'orecchio invece udiva abbastanza; e le lunghe telefonate con amiche della congregazione della parrocchia erano il suo svago. – Il telefono! Signorina Margariti! La vogliono al telefono! – gridavo inutilmente per l'appartamento e bussavo ancora più inutilmente alle porte. In questi giri mi resi conto dell'esistenza d'un seguito di stanze di soggiorno, salotti, tinelli, tutti ingombri d'un mobilio vecchiotto e pretenzioso, con *abat-jours* e soprammobili e quadretti e statuine e calendari, ed erano stanze tutte in ordine, pulite, lustre di cera, con candidi pizzi sulle poltrone, senza neanche un granello di polvere.

In fondo a una di queste stanze scoprivo finalmente la signorina Margariti, intenta a lucidare il *parquet* o a strofinare i mobili, con indosso una vestaglia stinta e in testa un fazzoletto. Indicavo in direzione del telefono, con violenti gesti; la sorda correva ad afferrare il ricevitore e cominciava una delle sue interminabili chiacchierate, con inflessioni non dissimili da quando conversava col gatto.

Io tornavo nella mia camera, e a vedere la mensola del lavabo o il paralume con un dito di polvere mi prendeva una gran rabbia: quella donna passava la giornata a tener lucide come specchi le sue stanze e da me non era buona a dare neanche un colpo di straccio. Andavo di là deciso a farle una scenata, a gesti e a smorfie; e la trovavo in cucina, e questa cucina era tenuta peggio ancora di camera mia: con l'incerato del tavolo logoro e macchiato, tazze sporche sul piano della credenza, le mattonelle sconnesse e annerite. E io restavo senza parola, perché capivo che la cucina era il solo luogo di tutta la casa in cui quella donna veramente vivesse, e il resto, le stanze adorne e continuamente spazzolate e incerate erano una specie di opera d'arte in cui lei riversava tutti i suoi sogni di bellezza, e per coltivare la perfezione di quelle stanze si condannava a non viverci, a non entrarci mai come padrona ma solo come donna di fatica, e il resto della giornata a passarlo nell'unto e nella polvere.

«La Purificazione» era un quindicinale e aveva per sottotitolo «dell'Aria dal Fumo, dalle Esalazioni Chimiche e dai Prodotti della Combustione». Era l'organo dell'EPAUCI, «Ente per la Purificazione dell'Atmosfera Urbana dei Centri Industriali». L'EPAUCI era collegato con associazioni consorelle d'altre nazioni, che mandavano i loro bollettini e i loro opuscoli. Spesso si tenevano dei congressi internazionali, soprattutto sul grave problema dello smog.

Io non m'ero mai occupato di questioni del genere, ma sapevo che fare un giornale d'argomento specializzato non è difficile come sembra. Si seguono le riviste straniere, si traducono certi articoli, con quelle e con un abbonamento a un'agenzia di ritagli un notiziario è presto messo insieme; poi ci sono quei due o tre collaboratori tecnici che non mancano mai di mandare il loro articoletto; l'Ente da parte sua, per poco che funzioni, qualche comunicato o qualche ordine del giorno da comporre in neretto ce l'ha sempre; e c'è l'inserzionista che prega di pubblicare come articolo la descrizione d'un qualche suo nuovo brevetto. Quando poi c'è un congresso, gli si può dedicare almeno un numero intero, da cima a fondo, e ancora avanzano un certo numero di relazioni e resoconti che puoi continuare a smaltire nei numeri successivi, quando hai tre o quattro colonne che non sai come riempire.

L'articolo di fondo spettava di regola al presidente. Ma l'ingegner Cordà, sempre molto occupato (era consigliere delegato d'una serie d'industrie, e all'Ente poteva dedicare solo i ritagli di tempo) cominciò a incaricarmi di stenderlo io, su concetti che m'illustrò con energia e chiarezza. Gli avrei sottoposto il mio elaborato al suo ritorno. Viaggiava spesso, Cordà, perché i suoi stabilimenti erano sparsi un po' in tutto il paese; ma tra tante attività, la presidenza dell'EPAUCI, puramente onorifica, era quella, mi disse, che gli dava più soddisfazione, «perché, – spiegò, – è una battaglia per motivi ideali».

Io invece di motivi ideali non ne avevo né volevo averne; volevo solo fargli un articolo come piaceva a lui, per conservare quel posto, né migliore né peggiore di un altro, e continuare quella vita, né migliore né peggiore di tutte le altre vite possibili. Le tesi di Cordà le conoscevo («Se tutti seguissero il nostro esempio, la purezza atmosferica sarebbe già...») e le sue formule preferite («Noi non siamo utopisti, sia ben chiaro, siamo persone pratiche le quali...») e avrei scritto come voleva lui, parola per parola. E che altro dovevo scrivere? Quel che pensavo io di testa mia? Un bell'articolo ne sarebbe venuto fuori, ve l'assicuro! Una bella visione ottimista d'un mondo funzionale e produttivo! Ma mi bastava capovolgere il mio stato d'animo (cosa che non m'era difficile perché era come un accanirmi contro me stesso) per ottenere lo slancio necessario a un articolo di fondo ispirato dal presidente.

«Siamo alla soglia ormai della soluzione dei problemi delle scorie volatili, – scrivevo, – soluzione che tanto più affretterà il suo sicuro compimento, – e già vedevo la faccia compiaciuta dell'ingegnere, – quanto più al sempre fattivo impulso dato alla Tecnica dall'Iniziativa Privata, verrà incontro l'illuminata comprensione, – l'ingegnere a questo punto avrebbe alzato una mano, a sottolineare il mio scritto, – degli organi dello Stato, già tanto solleciti...»

Lessi forte questo pezzo al dottor Avandero. Le piccole mani ben curate su un foglio bianco nel centro della scrivania, Avandero mi guardava con la solita cortesia inespressiva.

– Be', non le va? – gli chiesi.

– Tutt'altro, tutt'altro... – s'affrettò a dire lui.

– Ascolti il finale: «Contro le più catastrofiche profezie sulla civiltà industriale, noi riaffermiamo che non vi sarà (né d'altronde in effetti v'è mai stata) contraddizione tra un'economia in libera naturale espansione e l'igiene necessaria all'organismo umano, – ogni tanto guardavo Avandero, ma lui non alzava gli occhi dal foglio bianco, – tra il fumo delle nostre operose ciminiere e l'azzurro e il verde delle nostre incomparabili bellezze naturali...» Allora, cosa ne dice?

Avandero stette un po' a fissarmi coi suoi occhi atoni e con le labbra strette. – Ecco, effettivamente il suo articolo esprime molto bene, diciamo così, la sostanza ultima del fine che il nostro Ente si propone, è vero, con tutte le sue forze di raggiungere...

– Uhm... – bofonchiai. Devo confessare che da un tipo cerimonioso come il mio collega m'aspettavo una approvazione meno tortuosa.

Presentai l'articolo all'ingegner Cordà, al suo arrivo, un paio di giorni dopo. Lo lesse con attenzione, me presente. Finì di leggere, mise in ordine i fogli, sembrava stesse ricominciando a leggerli da capo, invece disse: – Bene –. Stette un po' a pensare, poi ripeté: – Bene –. Un'altra pausa e poi: – Lei è giovane –. Prevenne un'obiezione che io non intendevo fargli: – No non è una critica, mi lasci dire. Lei è giovane, ha fiducia, vede lontano. Però, mi lasci dire, la situazione è seria, sì, più seria di quel che il suo articolo non lasci prevedere. Parliamoci da uomini: il pericolo d'inquinamento dell'aria delle grandi città è forte, abbiamo le analisi, la situazione è grave. Appunto perché grave, ci siamo noi per risolverla. Se non la risolviamo, anche le nostre città saranno soffocate dallo smog.

S'era alzato e aveva preso a camminare avanti e indietro. – Noi non ci nascondiamo le difficoltà. Non siamo come altri, e proprio degli ambienti che più dovrebbero preoccuparsi, che invece se ne infischiano. O peggio: ci mettono i bastoni tra le ruote.

Si piantò di fronte a me, abbassò la voce: – Perché lei è giovane, forse crede che tutti siano d'accordo con noi. Invece no. Siamo in pochi. Attaccati da una parte e dall'altra. Sissignore. Da una parte e dall'altra. Eppure non disarmiamo. Parliamo ad alta voce. Agiamo. Risolviamo il problema. Questo vorrei sentire di più nel suo articolo, ha capito?

Avevo capito perfettamente. L'accanimento a fingere opinioni opposte alle mie m'aveva portato troppo in là, ma adesso avrei saputo graduare l'articolo alla perfezione. Dovevo ripresentarlo all'ingegnere di lì a tre giorni. Lo riscrissi da cima a fondo. Per due terzi tracciai un quadro tetro delle città d'Europa divorate dallo smog, per un terzo invece contrapposi l'immagine d'una città esemplare, la nostra, linda, ricca d'ossigeno, dove una concentrazione razionale delle istanze produttive non andava disgiunta... eccetera.

Per concentrarmi meglio, scrissi l'articolo a casa, sdraiato sul letto. Un raggio di sole che scendeva di sbieco nel pozzo del cortile entrava dai vetri e lo vedevo attraversare nell'aria della stanza una miriade di granellini impalpabili. Il copriletto doveva esserne impregnato; ancora un poco e mi pareva si sarebbe ricoperto d'uno strato nerastro, come i listelli della persiana, come le ringhiere del balcone.

Al dottor Avandero la nuova stesura, quando gliela feci leggere, mi parve non spiacesse. – Questo contrasto tra la situazione della nostra città e delle altre, – disse, – che lei avrà certamente impostato seguendo le disposizioni del presidente, è davvero ben riuscito.

– No, no, non me l'ha detto l'ingegnere, è stata una trovata mia, – feci, un po' seccato mio malgrado che il collega non mi credesse capace di nessuna iniziativa.

La reazione di Cordà invece non me l'aspettavo. Posò il dattiloscritto sul tavolo e scosse il capo. – Non ci siamo capiti, non ci siamo capiti, – disse subito. Cominciò a darmi delle cifre sulla produzione industriale di questa città, sui quantitativi di carbone, di nafta che vi si bruciavano giornalmente, sulla circolazione dei motori a scoppio. Poi passò ai dati meteorologici, e per questi e per quelli fece un rapido confronto con le maggiori città europee del Nord. – Noi siamo una grande e nebbiosa città industriale, lei capisce: quindi lo smog c'è anche da noi, non c'è meno smog da noi che altrove. È impossibile sostenere, come pure altre città rivali del nostro stesso paese tentano di fare, che qui c'è meno smog che da loro. Questo lei può scriverlo ben chiaro, nell'articolo, *deve* scriverlo! Siamo una delle città in cui la situazione atmosferica è più grave, ma nello stesso tempo la città in cui si fa di più per essere all'altezza della situazione! Nello stesso tempo, lei capisce?

Capivo, e capivo anche che non avremmo potuto capirci mai. Quelle facciate di case annerite, quei vetri opachi, quei davanzali a cui non ci si poteva appoggiare, quei visi umani quasi cancellati, quella foschia che ora col progredire dell'autunno perdeva il suo umido sentore d'intemperie e diventava come una qualità degli oggetti, come se ognuno e ogni cosa avesse di giorno in giorno meno forma, meno senso e valore, tutto quel che per me era sostanza d'una miseria generale, per gli uomini come lui doveva essere segno di ricchezza supremazia e potenza, e insieme di pericolo distruzione e tragedia, un modo per sentirsi investiti, a stare lì sospesi, d'una grandezza eroica.

Rifeci una terza volta l'articolo. Andava bene, finalmente. Solo sul finale («Ci troviamo dunque di fronte a un problema terribile per il destino della società. Lo risolveremo?») trovò da ridire.

– Non sarà troppo dubitativo? – chiese. – Non toglierà fiducia?

La cosa più semplice era togliere l'interrogativo: «Lo risolveremo». Così, senza esclamativi: una calma sicurezza.

– Però non sembrerà troppo pacifico? Una cosa di ordinaria amministrazione?

Si convenne di ripetere la frase due volte. Una con l'interrogativo e l'altra senza. «Lo risolveremo? Lo risolveremo».

Ma non era un rimandare la soluzione a un futuro indeterminato? Provammo a mettere tutto al presente. «Lo risolviamo? Lo risolviamo». Ma non suonava bene.

Si sa come succede in uno scritto; si comincia a cambiare una virgola, e bisogna cambiare una parola, poi la costruzione d'una frase, e poi va tutto all'aria. Discutemmo mezz'ora. Proposi di mettere domanda e risposta con tempi diversi: «Lo risolveremo? Lo stiamo risolvendo». Il presidente fu entusiasta e da quel giorno la sua fiducia nelle mie doti non venne mai meno.

Una notte mi svegliò il telefono. Era lo squillo prolungato delle chiamate interurbane. Accesi la luce: erano quasi le tre. Già prima di decidermi ad alzarmi, slanciarmi nel corridoio, afferrare nel buio il ricevitore, e prima ancora, al primo sussulto nel sonno, già sapevo che era Claudia.

La sua voce sgorgava ora dal ricevitore e pareva venire da un altro pianeta, ed io con i miei occhi appena svegli avevo una sensazione come di scintillii, di barbagli, che erano poi invece le modulazioni della sua voce inarrestabile, quella drammatica concitazione che sempre lei metteva in ogni cosa che diceva, e che ora mi raggiungeva fin là, in fondo allo squallido corridoio della signorina Margariti. Mi resi conto di non aver mai dubitato che Claudia m'avrebbe ritrovato, anzi: di non aver aspettato altro per tutto questo tempo.

Non accennava nemmeno a chiedermi cos'era stato di me fin allora, come mai ero finito lì, e neppure mi spiegò come m'aveva rintracciato. Aveva un monte di cose da dirmi, cose estremamente dettagliate e pur sempre vaghe, come sempre le sue, e che si svolgevano in ambienti per me ignoti e impraticabili.

– Ho bisogno di te, presto, immediatamente. Vieni col primo treno...

– Sai, qui ho un impiego... L'Ente...

– Ah, forse vedi il commendator... Digli...

– Ma no, sai, io sono soltanto...

– Caro, parti subito, vero?

Come dirle che rispondevo da un luogo pieno di polvere, che i listelli della persiana erano coperti di una nera crosta sabbiosa, che sui miei colletti c'era l'orma di un gatto, e che quello era l'unico mondo possibile per me, era l'unico mondo possibile al mondo, e il suo, di mondo, soltanto per un'illusione ottica poteva apparirmi esistente? Non mi sarebbe neanche stata a sentire, era troppo abituata a vedere tutto dall'alto e le circostanze meschine di cui era intessuta la mia vita era naturale le sfuggissero. Tutti i suoi rapporti con me di cos'altro erano frutto se non di questa sua superiore distrazione, per cui non era mai riuscita a rendersi conto che io ero un modesto pubblicista di provincia, senz'avvenire e senza ambizioni, e continuava a trattarmi come facessi parte dell'alta società di nobili, ricconi e artisti in cui s'era sempre mossa e nella quale, per un caso come ne succedono ai bagni, le ero stato presentato, un'estate. Rendersene conto non voleva, perché sarebbe stato riconoscere d'essersi sbagliata: così continuava ad attribuirmi doti, autorità e gusti che ero ben lontano dall'avere; ma in fondo chi io fossi veramente era una questione di dettaglio, e lei per una questione di dettaglio non voleva essere smentita.

Ora la sua voce era andata facendosi tenera, affettuosa: era quello il momento che io – pur senza confessarmelo – aspettavo, perché solo nell'abbandono amoroso tutto quel che ci rendeva diversi scompariva e ci ritrovavamo a essere solamente noi due, che non importava chi si fosse. Avevamo appena avviato uno scambio di parole amorose, quando alle mie spalle s'accese la luce dietro una porta a vetri e s'udì un cupo colpo di tosse. Era la porta del coinquilino sottufficiale di polizia, proprio lì, a fianco del telefono. Istantaneamente abbassai la voce, ripresi la frase interrotta, ma ora che mi sapevo ascoltato un naturale riserbo mi faceva attenuare le espressioni amorose, finché non mi ridussi a un mormorio di frasi neutre e malintelligibili. La luce nella camera attigua si spense, ma dall'altro capo del filo cominciarono le proteste: – Cosa dici? Parla più forte! È tutto qui quel che hai da dirmi?

– Ma non sono solo...

– Come? Con chi sei?

– No, senti, qui, sai, sveglio i coinquilini, è tardi...

Ormai s'era adirata, non erano spiegazioni che voleva, voleva una mia reazione, un segno di calore da parte mia, qualcosa che bruciasse la distanza che ci separava. Ma le mie risposte s'erano fatte cautelative, querimoniose, rabbonitrici. – No, vedi, Claudia, non fare così, t'assicuro, ti supplico, Claudia, io... – Nella stanza del sottufficiale si riaccese la luce. Il mio discorso d'amore divenne un pigolio, a labbra schiacciate sul microfono.

Nel cortile gli sguatteri rotolavano i fusti della birra. La signorina Margariti dal buio delle sue stanze attaccò un chiacchierio interrotto da brevi scoppi di risa, come se avesse visite. Il coinquilino scoppiò in un'imprecazione meridionale. Io ero a piedi nudi sulle piastrelle del corridoio e dall'altro capo del filo la voce appassionata di Claudia mi tendeva le mani e io cercavo di correrle incontro con la mia balbuzie ma ogni volta che stavamo per gettare un ponte tra noi dopo un momento andava in briciole e l'urto delle cose stritolava e smentiva a una a una tutte le parole d'amore.

Da quella volta, il telefono prese a squillare nelle più diverse ore del giorno e della notte, e la voce di Claudia a irrompere fulva e screziata nell'angusto corridoio, con il balzo ignaro d'un leopardo che non sa di gettarsi in una trappola, e, siccome non lo sa, d'un altro balzo come se n'è venuto trova il varco per fuggire: e non s'è accorto di niente. E io, tra sofferenza e amore e gioia e crudeltà, la vedevo mescolarsi a questo scenario di bruttezza e desolazione, all'altoparlante della «Urbano Rattazzi» che scandiva: «Una di cappelletti in brodo», alle scodelle sporche nell'acquaio della signorina Margariti, e mi pareva che ormai anche la sua immagine dovesse restarne marcata. Ma no, correva via sul filo intatta, senz'accorgersi di nulla, e io restavo ogni volta solo col vuoto della sua assenza.

Alle volte Claudia era allegra, spensierata, rideva, diceva cose incoerenti per prendermi in giro, e anch'io finivo per partecipare alla sua allegria, ma allora il cortile, la polvere mi rattristavano di più perché m'era venuta la tentazione di pensare che la vita potesse essere diversa. Alle volte invece Claudia era in preda a un'ansia febbrile e quest'ansia allora si sommava all'aspetto dei luoghi dove abitavo, al mio lavoro di redattore de «La Purificazione», e non riuscivo a liberarmene, vivevo nell'attesa d'una nuova telefonata più drammatica ancora che mi svegliasse nel cuore della notte, e quando invece la sua voce mi arrivava inaspettatamente diversa, gaia o languida, come se non ricordasse nemmeno l'angoscia della sera prima, io, ancor prima che liberato, mi sentivo smarrito, spaesato.

– Ma ho sentito bene? È da Taormina che telefoni?

– Sì, sono qui con amici, è così bello, vieni subito, in aereo!

Claudia telefonava sempre da città diverse, e ogni volta, fosse in stato di angoscia o di gioia di vivere, esigeva che la raggiungessi immediatamente per dividere con lei questo suo stato. Io prendevo a darle ogni volta una spiegazione minuziosa del perché mi era assolutamente impossibile mettermi in viaggio, ma non mi riusciva di proseguire perché Claudia senza starmi a sentire era già entrata in un altro giro di discorsi, di solito una requisitoria contro di me, oppure anche un imprevedibile elogio, per qualche espressione che senza badare avevo usato e che lei aveva trovato abominevole o adorabile.

Quando già il tempo dell'ultima comunicazione era scaduto e le centraliniste diurne o gli impiegati del servizio notturno dicevano: – Dobbiamo interrompere, – Claudia lanciava un: – A che ora arrivi allora? – come se tutto fosse inteso, e io rispondevo farfugliando, e si finiva per rimandare gli ultimi accordi a un'altra telefonata che avrei dovuto farle o che lei mi avrebbe fatto. Ero sicuro che Claudia avrebbe intanto cambiato tutti i suoi programmi e l'urgenza del mio viaggio si sarebbe riproposta sì, ma in condizioni diverse che avrebbero giustificato nuovi rinvii; eppure mi restava dentro una specie di rimorso, che la mia impossibilità di partire non era così assoluta, che potevo per esempio chiedere un anticipo sullo stipendio al mese venturo e un permesso per assentarmi tre o quattro giorni con qualche scusa; e in queste esitazioni mi rodevo.

La signorina Margariti non sentiva niente. Se attraversando il corridoio mi vedeva al telefono, mi salutava con un segno del capo, ignara di quali tempeste mi agitavano. Il coinquilino no. Dalla sua camera sentiva tutto ed era obbligato ad applicare il suo intuito poliziesco a ogni mio trasalimento. Per fortuna non era quasi mai in casa, e perciò certe mie telefonate giungevano a essere addirittura spigliate, disinvolte, e per poco che la disposizione di Claudia me lo consentisse riuscivamo a entrare in un clima di corrispondenza amorosa per cui ogni parola acquistava un calore, una intimità, una risonanza interiore. Altre volte invece lei era ottimamente disposta e io invece ero bloccato, non rispondevo che a monosillabi, a frasi reticenti ed evasive: c'era il sottufficiale dietro l'uscio, a un metro di distanza da me; una volta socchiuse, affacciò la faccia baffuta e nera, mi scrutò. Era un ometto, devo dire, che in altra occasione non mi avrebbe fatto nessuna impressione: ma lì, in piena notte, vederci per la prima volta in faccia, in quell'alloggio da poveri diavoli, io che facevo e ricevevo interurbane amorose di mezz'ora, lui che smontava dal servizio, tutti e due in pigiama, è certo che ci odiammo.

Spesso nelle conversazioni di Claudia entravano nomi illustri, la gente che frequentava lei. Io, primo, non conosco nessuno; secondo, non posso soffrire d'attirare l'attenzione; così se proprio dovevo risponderle cercavo di non far nomi, d'usare delle perifrasi, e lei non capiva perché e ci s'arrabbiava. Dalla politica poi mi sono sempre tenuto lontano, appunto perché non mi è piaciuto mai mettermi in vista; adesso poi dipendevo da un ente parastatale e m'ero fissato la regola di non saper nulla né di questi né di quelli; e Claudia chissà cosa le frulla una sera, e mi chiede di certi deputati. Bisognava darle una risposta qualsiasi, lì, su due piedi, col sottufficiale alla porta. – Il primo che hai detto, certo, il primo...

– Chi? Chi vuoi dire?

– Quello lì, sì, quello più grosso, no, più piccolo...

L'amavo, insomma. Ed ero infelice. Ma come lei avrebbe mai potuto capire questa mia infelicità? Ci sono quelli che si condannano al grigiore della vita più mediocre perché hanno avuto un dolore, una sfortuna; ma ci sono anche quelli che lo fanno perché hanno avuto più fortuna di quella che si sentivano di reggere.

Prendevo i pasti in certi ristorantini a prezzo fisso, che in questa città sono tutti gestiti da famiglie toscane, parenti tra loro, e le cameriere sono tutte ragazze d'un paese che si chiama Altopascio, e vivono qui la loro giovinezza, ma sempre col pensiero ad Altopascio, e non si mescolano al resto della città, e la sera escono con giovani sempre di Altopascio, che lavorano qui nelle cucine dei ristoranti o anche in aziende meccaniche ma sempre tenendosi vicini ai ristoranti come a sobborghi del loro paese, e queste ragazze e questi giovani si sposano e alcuni tornano ad Altopascio, altri si fermano qui a lavorare nei ristoranti dei parenti e dei compaesani, risparmiando per poter aprire un giorno un ristorante per conto loro.

La gente che mangia in questi ristoranti si sa chi è: tranne quelli di passaggio, che cambiano sempre, i clienti abituali sono impiegati scapoli, anche certe impiegate zitelle, e qualche studente e militare. Dopo un po' questi avventori si conoscevano tutti e chiacchieravano da un tavolo all'altro, e a un certo punto si formavano dei tavoli comuni, di gente che in principio non si conosceva e poi finiva per prender l'abitudine di mangiare sempre insieme.

Anche con le camerierine toscane tutti ci scherzavano, scherzi alla buona si capisce, chiedevano dei fidanzati, si rimandavano delle battute, e quando non c'era niente di cui parlare attaccavano con la televisione, dicevano chi era simpatico e chi antipatico di quelli visti ultimamente nei programmi.

Io no, non dicevo mai niente tranne le ordinazioni, sempre uguali del resto, spaghetti al burro, bollito e verdura, perché ero a dieta, e nemmeno chiamavo per nome le ragazze nonostante che i nomi ormai li avessi imparati anch'io, ma preferivo dire sempre «Signorina» per non creare l'impressione d'una familiarità: in quel ristorante io mi ci trovavo per caso, ero un cliente occasionale, magari avrei continuato ad andarci tutti i giorni per chissà quanto tempo, ma volevo sentirmi uno di passaggio, che oggi è qua domani là, se no mi dava ai nervi.

Non che mi fossero antipatici, tutt'altro: sia il personale sia gli avventori erano gente brava e simpatica, e anche quell'atmosfera cordiale mi faceva piacere sentirmela intorno, anzi, se non ci fosse stata, magari mi sarebbe mancato qualcosa, però preferivo assistere senza prendervi parte. Evitavo di discorrere con gli altri clienti, e anche di salutare, perché le conoscenze, si sa, a cominciarle è niente ma poi si resta legati: uno dice «Cosa si fa stasera?» e così si finisce tutti insieme alla televisione, al cinema, e da quella sera si è presi in una compagnia di gente che non te ne importa nulla, e devi far sapere i fatti tuoi, ascoltare quelli degli altri.

Cercavo di sedermi a un tavolino senza nessuno, aprivo il giornale del mattino o della sera (lo compravo andando in ufficio e davo una scorsa ai titoli, ma per leggerlo aspettavo d'essere al ristorante), e mi mettevo a ripassarlo da principio alla fine. Il giornale mi serviva molto anche quando non trovavo un altro posto ed ero obbligato a sedermi a un tavolo dove c'era già qualcuno; mi sprofondavo a leggere e nessuno mi diceva nulla. Ma cercavo sempre d'avere un tavolo da solo e per questo mi studiavo di ritardare più che potevo l'ora dei pasti, in modo da capitare lì quando il grosso dei clienti è già sfollato.

C'era l'inconveniente delle briciole. Spesso mi toccava di sedermi a un tavolo da cui il cliente s'era alzato allora allora ed era pieno di briciole; perciò evitavo di guardare sul tavolo finché non veniva la cameriera a portar via piatti e bicchieri sporchi, strofinare via tutti i resti dalla tovaglia e cambiare il coprimacchie. Alle volte questo lavoro era fatto in fretta e tra coprimacchie e tovaglia restavano delle briciole di pane, e mi dava tristezza.

Il meglio di tutto, per esempio per colazione, era studiare l'ora in cui le cameriere, pensando che ormai di clienti non ne verranno più, fanno pulizia per bene e preparano le tavole già per la sera; poi tutta la famiglia: padroni, cameriere, cuochi, sguatteri, apparecchiano una tavolata e si siedono finalmente a mangiare loro. A quel momento entravo io, dicevo: – Oh, forse è troppo tardi, non mi potete più dare da mangiare?

– Ma come no? S'accomodi pure dove vuole! Lisa, vedi di servire il dottore.

Io mi sedevo a uno di quei bei tavolini puliti, un cuoco tornava in cucina, io leggevo il giornale, mangiavo con calma, ascoltavo quelli della tavolata ridere e scherzare e raccontare storie di Altopascio. Tra un piatto e l'altro dovevo aspettare magari un quarto d'ora, perché le camerierine erano lì sedute che mangiavano e chiacchieravano, e finivo per decidermi io a dire: – Signorina, un arancio... – e loro: – Subito! Anna, vacci tu! O Lisa! – ma a me così andava bene, ero contento.

Finivo di mangiare, di leggere il giornale, uscivo col giornale arrotolato in mano, tornavo a casa, salivo alla mia stanza, buttavo il giornale sul letto, mi lavavo le mani. La signorina Margariti spiava il momento in cui entravo e quello in cui tornavo a uscire perché appena ero fuori veniva in camera mia a prendere il giornale. Non osava domandarmelo, perciò lo portava via di nascosto e di nascosto lo rimetteva sul letto prima che tornassi. Pareva se ne vergognasse, come d'una curiosità un po' frivola; di fatto leggeva una cosa sola: gli annunci mortuari.

Una volta che entrando la trovai col giornale in mano, si vergognò molto e sentì il bisogno di giustificarsi. – Ogni tanto lo prendo per guardare i morti, sa, mi scusi, perché, alle volte, sa, ci ho delle conoscenze, nei morti...

Con quest'idea di rimandare l'ora dei pasti, certe sere per esempio andando al cinema, facevo tardi, uscivo dal film con la testa un po' balorda, e intorno alle insegne luminose s'addensava un buio spesso di nebbietta autunnale, che svuotava la città di dimensioni. Guardavo l'ora, mi dicevo che magari ai piccoli ristoranti non avrei più trovato da mangiare, o comunque ero fuori dal mio orario abituale e non sarei riuscito a rientrarci, e allora decidevo di fare una cenetta in piedi, al banco della birreria «Urbano Rattazzi», lì sotto casa mia.

Entrare dalla strada nel locale non era solo un passaggio dal buio alla luce: cambiava la consistenza del mondo, fuori sfatto, incerto, rado, e qui pieno di forme solide, di volumi con uno spessore, un peso, superfici dai colori brillanti, il rosso d'un prosciutto che affettavano al banco, il verde delle giacchette tirolesi dei camerieri, l'oro della birra. C'era pieno di gente e io che per la via m'ero abituato a considerare i passanti ombre senza faccia e me pure un'ombra senza faccia tra le tante, qui riscoprivo tutt'a un tratto una foresta di visi maschili e femminili, colorati come frutti, ognuno diverso dagli altri e tutti sconosciuti. Per un momento speravo ancora di conservare in mezzo a loro la mia invisibilità da fantasma, poi m'accorgevo d'essere diventato anch'io come loro, un'immagine tanto precisa che pure gli specchi la riflettevano con tutti i peli della barba già ricresciuta dal mattino, e non c'era riparo possibile, anche il fumo che si levava denso al soffitto da tutte le sigarette accese del locale era una cosa a sé, con un suo contorno e un suo spessore e non modificava la sostanza delle altre cose.

Mi facevo largo al banco sempre molto affollato, voltando le spalle alla sala piena di risate e di parole che salivano da ogni tavolo, e appena si liberava uno sgabello mi ci sedevo, cercando di conquistare l'attenzione del cameriere, che mi mettesse davanti il quadrato sottocoppa di cartone, un boccale di birra, e la lista delle vivande. Duravo fatica a farmi dar retta, qui alla «Urbano Rattazzi» che io vegliavo notte per notte, di cui conoscevo ogni ora, ogni soprassalto, ed il brusio nel quale si perdeva la mia voce era quello che sentivo ogni sera salire su per le ringhiere di ferro arrugginite.

– Gnocchi al burro, per favore, – dicevo, e finalmente il cameriere al banco sentiva e si faceva al microfono e scandiva: – Una di gnocchi al burro! – e io pensavo al grido cadenzato come usciva dall'altoparlante della cucina, e mi pareva d'essere nello stesso tempo qui al banco e coricato lassù nella mia stanza, e le parole che s'incrociavano fitte tra le compagnie di gente allegra che beveva e mangiava e il tintinnio di bicchieri e posate cercavo di frantumarli e attutirli nella mia mente fino a riconoscere il rumore di tutte le mie sere.

In trasparenza tra le linee e i colori di questa parte

del mondo andavo distinguendo l'aspetto del suo rovescio, del quale soltanto mi sentivo abitatore. Ma forse il vero rovescio era questo, illuminato e pieno d'occhi aperti, mentre invece l'unico lato che contasse in ogni cosa era quello in ombra, e la birreria «Urbano Rattazzi» esisteva solo perché se ne potesse sentire quella voce deformata nel buio: «Una di gnocchi al burro!», e lo sferraglio dei bidoni, perché la nebbietta della via fosse interrotta dall'alone dell'insegna, dal riquadro dei vetri appannati su cui si disegnavano confuse sagome umane.

Un mattino mi svegliò una telefonata di Claudia, ma non era un'interurbana: era in città, alla stazione, arrivata in quel momento e mi chiamava perché nello scendere dal vagone letto aveva perso una delle tante valige del suo bagaglio.

Arrivai in tempo a vederla uscire di stazione, alla testa d'un corteo di facchini. Di quell'agitazione che m'aveva comunicato fino alla sua telefonata di pochi minuti prima, nulla rimaneva nel suo sorriso. Era una donna molto bella ed elegante; ogni volta che la rivedevo restavo stupito come se mi fossi dimenticato di com'era. Ora si dichiarava improvvisamente entusiasta di questa città e apprezzava la mia idea d'esserci venuto ad abitare. La giornata era di piombo; Claudia lodava la luce, i colori delle vie.

Prese un appartamento in un grande albergo. Per me entrare nella *hall*, rivolgermi al portiere, farmi annunciare al telefono, seguire il *groom* all'ascensore, erano cause di continuo disagio e soggezione. Ero molto commosso che Claudia, per via di certi suoi affari ma forse in realtà per trovare me, fosse venuta a passare qualche giorno qui, commosso e imbarazzato, perché mi s'apriva davanti l'abisso tra il suo modo di vivere e il mio.

Pure, riuscii a districarmi alla meglio in quella mattina movimentata e anche a fare una scappata in ufficio e ottenere un anticipo sul prossimo stipendio, per fronteggiare le giornate eccezionali che mi si preparavano. C'era il problema della scelta dei posti dove condurla a mangiare: ero poco esperto di ristoranti di lusso o di locali caratteristici. Per cominciare, pensai bene di portarla in collina.

Presi un taxi. M'accorgevo adesso che in quella città in cui non c'era persona, da una certa cifra di stipendio in su, che non avesse la macchina (l'aveva persino il mio collega Avandero), io ero senza, e comunque non avrei neanche saputo guidarla. Non me n'era mai importato niente, ma di fronte a Claudia ora mi accadeva di vergognarmene. E invece Claudia trovava tutto naturale, perché – diceva – una macchina in mano mia sarebbe stato un disastro sicuro; con mio gran dispetto ostentava di sottovalutare tutte le mie capacità pratiche e di basare la sua considerazione per me su altre doti, che però non si capiva quali potessero essere.

Dunque, prendemmo un taxi; mi capitò una macchina sgangherata, guidata da un vecchio. Io cercavo di voltare in caricatura questi aspetti sconnessi, da rottame, che inevitabilmente prendeva attorno a me la vita, ma lei non soffriva per la bruttezza del taxi, come se queste cose non potessero toccarla, e io non sapevo se sentirmene sollevato oppure più che mai abbandonato al mio destino.

Si saliva per la verdeggiante spalliera di collina che cinge la città a levante. La giornata s'era schiarita in una dorata luce autunnale e anche i colori della campagna volgevano all'oro. Abbracciai Claudia, in quel taxi; se m'abbandonavo all'amore che lei mi portava, forse mi s'apriva quella vita verde e oro che correva in confuse immagini (m'ero tolto, per abbracciarla, gli occhiali) ai lati della strada.

Prima d'andare alla trattoria, ordinai al vecchio autista che ci portasse a un punto panoramico, là in alto. Scendemmo di macchina. Claudia, con un grande cappello nero, girò su se stessa, facendo volare le pieghe della gonna. Io saltavo di qua e di là, mostrandole là dove dal cielo emergeva la cresta biancastra delle Alpi (indicavo a caso i nomi dei monti, che non sapevo riconoscere) e di qua il rilievo movimentato e saltuario della collina con paesi e strade e fiumi, e in basso la città come una rete di minute scaglie opache o luccicanti, meticolosamente allineate. Un senso di vasto m'aveva preso, non so se per il cappello e la gonna di Claudia, o per la vista. L'aria, per essere d'autunno, era abbastanza limpida e sgombra, ma pure l'attraversavano le più diverse specie di condensazioni: nebbie fitte alla base dei monti, bave di bruma sopra i fiumi, catene di nuvole agitate variamente dal vento. Eravamo lì affacciati al muretto, io cingendole la vita, guardando i molteplici aspetti del paesaggio, subito preso da un bisogno di analisi, già scontento di me perché non disponevo d'una sufficiente nomenclatura dei luoghi e dei fenomeni naturali, lei pronta invece a trasformare le sensazioni in moti improvvisi d'umore, in espansioni, in cose dette che non c'entravano niente. Fu allora che vidi quella cosa. Afferrai Claudia per il polso, stringendoglielo. – Guarda! Guarda laggiù!

– Cosa?

– Laggiù! Guarda! Si muove!

– Ma cos'è? Cos'hai visto?

Come dirle? Dalle altre nuvole o nebbie che a seconda di come l'umidità s'addensa negli strati freddi dell'aria sono grige o azzurrastre o bianchicce oppure nere, questa non era poi tanto diversa, se non per il colore incerto, non so se più sul marrone o sul bituminoso, o meglio: per un'ombra di questo colore che pareva farsi più carica ora ai margini ora in mezzo, ed era insomma un'ombra di sporco che la insudiciava tutta e ne mutava – anche in questo essa era diversa dalle altre nuvole – pure la consistenza, perché era greve, non ben spiccicata dalla terra, dalla distesa screziata della città sulla quale pure scorreva lentamente, a poco a poco cancellandola da una parte e dall'altra riscoprendola, ma lasciandosi dietro uno strascico come di filacce un po' sudice, che non finivano mai.

– Lo smog! – gridai a Claudia. – Vedi quella? È una nuvola di smog!

Ma lei, senza ascoltarmi, era presa da qualcosa che aveva visto volare, uno stormo di uccelli, e io restavo lì affacciato a guardare per la prima volta dal di fuori la nuvola che mi circondava in ogni ora, la nuvola che abitavo e che m'abitava, e sapevo che di tutto il mondo variegato che m'era intorno solo quella m'importava.

Alla sera condussi Claudia a cena alla birreria «Urbano Rattazzi», perché tranne i ristoranti a prezzo fisso non conoscevo nessun altro locale e avevo paura di finire in qualche posto troppo dispendioso. Alla «Urbano Rattazzi» entrare con una donna come Claudia era tutta un'altra cosa: i camerieri in giacchetta tirolese si mobilitavano tutti, ci davano un buon tavolo, avvicinavano i carrelli delle specialità. Io cercavo di prendere pose da cavaliere disinvolto ma nello stesso tempo mi sentivo riconosciuto come l'inquilino della camera d'affitto sul cortile, l'avventore dei pasti frettolosi al banco. Questo stato d'animo mi fece essere goffo, insulso nella conversazione e presto Claudia s'arrabbiò con me. Prendemmo a litigare fitto fitto; le nostre voci erano sommerse dal chiasso della birreria, ma avevamo addosso gli occhi non solo dei camerieri pronti a ogni cenno di Claudia, ma anche dei clienti, incuriositi da questa donna bellissima, elegante e autorevole in compagnia d'un uomo così dimesso. E m'accorgevo che le frasi del litigio erano seguite da tutti, anche perché Claudia, nel suo disinteresse per la gente che la circondava, non si curava di mascherare i suoi atteggiamenti. A me sembrava che tutti non attendessero altro che il momento in cui Claudia incollerita si sarebbe alzata e m'avrebbe piantato lì solo, facendomi ritornare l'uomo anonimo che ero sempre stato, di cui non ci s'accorge più che d'una macchia d'umidità sul muro.

Invece, come al solito, al litigio seguì una tenera intesa amorosa; si era alla fine della cena e Claudia sapendo che abitavo lì vicino disse: – Salgo da te.

Ora, io l'avevo portata alla «Urbano Rattazzi» perché era l'unico posto di quel tipo che conoscessi, non perché era vicino al mio alloggio; anzi stavo sulle spine al solo pensiero che lei potesse farsi un'idea della casa in cui vivevo gettando un'occhiata nel portone, e facevo affidamento soprattutto sulla sua distrazione.

Invece volle salire. Esagerai, parlandone, lo squallore del luogo, per buttare l'avventura tutta sul grottesco. Ma lei invece salendo e attraversando il ballatoio, notava solo i pregi, l'antica e non ignobile architettura dell'edificio, la funzionalità con cui i vecchi appartamenti erano disposti. Entrammo, e lei: – Ma che dici? Ma è una bellissima stanza! Ma cosa vuoi di più?

Io mi voltai subito al lavabo, prima d'aiutarla a togliersi il soprabito, perché m'ero sporcato al solito le mani. Lei no, girava con le sue mani svolanti come piume tra i mobili polverosi.

La stanza fu presto invasa da quegli oggetti così estranei: il cappello con la veletta, le volpi, il vestito di velluto, la sottana d'organza, le scarpe di raso, le calze di seta; ogni cosa io cercavo di far entrare nell'armadio, nei cassetti perché a star lì mi pareva si dovesse ricoprire in poco tempo d'impronte fuligginose.

Ora Claudia era sdraiata con la sua bianca persona sul letto, quel letto che a batterlo avrebbe alzato una nube di polvere, e allungò una mano verso lo scaffale lì a fianco, prese un libro. – Attenta, è polveroso! – Ma lei l'aveva aperto, lo stava sfogliando, poi lo lasciava cadere. Io guardavo il suo seno ancora da giovinetta, i rosei culmini appuntiti, e mi prese lo struggimento che vi fosse calata della polvere dalle pagine del libro, e avanzai le mani a sfiorarli in un gesto che somigliava a una carezza ma era invece un voler toglierle quel po' di polvere che mi pareva ci fosse caduta.

Invece la sua pelle era liscia, fresca, intatta; e io che vedevo nel cono di luce della lampada librarsi una pioggia di granelli minutissimi che lentamente si sarebbe depositata anche su Claudia, mi buttai sopra di lei in un abbraccio che era soprattutto un volerla coprire, proteggere, prendere su me tutta la polvere perché lei ne fosse salva.

Dopo che lei fu partita (un po' delusa e annoiata della mia compagnia, nonostante la sua imperturbabile ostinazione a proiettare sul prossimo una luce che era solo sua), mi buttai nel lavoro redazionale con lena raddoppiata, un po' perché la visita di Claudia m'aveva fatto perdere parecchie ore d'ufficio ed ero rimasto indietro nella preparazione del numero, un po' per non pensare a lei, e un po' anche perché l'argomento trattato dal quindicinale «La Purificazione» non lo sentivo più estraneo come in principio.

Mi mancava ancora l'articolo di fondo, ma questa volta l'ingegner Cordà non m'aveva lasciato istruzioni. – Faccia un po' lei. Mi raccomando –. Io cominciai a scrivere uno dei soliti pistolotti, ma poco a poco, da una parola all'altra, mi venne da descrivere la nuvola di smog come l'avevo vista strusciarsi addosso alla città, e la vita come si svolgeva dentro questa nuvola, e le facciate delle case antiche, piene di sporgenze, di incavi, dove s'addensava un deposito nero, e le facciate delle case moderne, lisce, monocrome, squadrate, sulle quali a poco a poco s'estendevano delle sfumate ombre oscure, come sui colletti bianchi delle camicie del personale impiegatizio, che non duravano puliti mezza giornata. E scrissi che sì, ancora c'era chi viveva fuori della nuvola di smog, e forse ci sarebbe sempre stato, chi poteva attraversare la nuvola e soffermarcisi proprio nel bel mezzo e uscirne, senza che il minimo soffio di fumo o granello di carbone toccasse la sua persona, turbasse il suo ritmo diverso, la sua bellezza d'altro mondo, ma quel che importava era tutto ciò che era dentro lo smog, non ciò che ne era fuori: solo immergendosi nel cuore della nuvola, respirando l'aria nebbiosa di queste mattine (già l'inverno cancellava le vie in un'indistinta bruma), si poteva toccare il fondo della verità e forse liberarsi. Era tutta una polemica verso Claudia; me ne accorsi subito e strappai l'articolo senza nemmeno farlo leggere ad Avandero.

Il dottor Avandero era un tipo che non avevo ancora capito bene. Un lunedì mattina entrando in ufficio come te lo trovo? Abbronzato! Sì, invece della solita faccia color pesce bollito aveva una cera tra il rosso e il bruno, con qualche segno di scottatura sulla fronte e sugli zigomi.

– Cosa t'è successo? – gli chiesi. (Negli ultimi tempi avevamo preso a darci del tu).

– Sono stato a sciare. La prima neve. Perfetta, farinosa. Vieni anche tu, domenica?

Da quel giorno, Avandero mi prese a confidente della sua passione per lo sci. Confidente, ho detto: perché parlandone con me, esprimeva qualcosa di più che una passione per un'abilità tecnica, tutta esattezza geometrica di movimenti, per un'attrezzatura funzionale, per un paesaggio ridotto a una pura pagina bianca; ci metteva, lui impiegato inappuntabile e ossequiente, una polemica segreta contro il suo lavoro, che svelava in risolini come di superiorità e in piccole puntate maligne: – Eh, quella sì che è «la purificazione»! Lo smog ve lo lascio tutto a voialtri, io! – corrette subito da un: – Dico per scherzare... – Ma avevo capito che anche lui, tanto ligio, era uno che all'Ente e alle idee dell'ingegner Cordà non ci credeva affatto.

Un sabato pomeriggio lo incontrai, Avandero, tutto bardato da sci, con un berrettino a visiera come il becco d'un merlo, che andava verso un pullman, già preso d'assalto da una folla di sciatori e sciatrici. Mi salutò, con la sua arietta sufficiente. – Resti in città?

– Io sì. A che serve andarsene? Domani sera sei già tornato nella bagna.

Aggrottò la fronte sotto la visiera del berretto da merlo. – E a che serve la città se non ad andarsene il sabato e la domenica? – E s'affrettò attorno al pullman, perché aveva da proporre una maniera nuova di sistemare gli sci sull'imperiale.

Per Avandero, come per centinaia di migliaia d'altre persone che ci davano dentro tutta la settimana in grige occupazioni pur di poter correre via alla domenica, la città era un mondo perso, una macina per produrre i mezzi d'uscirne quelle poche ore e poi tornarci. Avandero, passati i mesi dello sci, cominciava quelli delle gite campestri, della pesca alle trote, e poi del mare, e della montagna estiva, e della macchina fotografica. La storia della sua vita – che frequentandolo cominciai a ricostruire anno per anno – era la storia dei suoi mezzi di trasporto: prima una bici a motore, dopo un motoscooter, poi una moto, adesso l'utilitaria, e gli anni a venire erano già segnati dalle previsioni di automobili sempre più comode e veloci.

Il nuovo numero de «La Purificazione» doveva andare in macchina, ma l'ingegner Cordà non aveva ancora visto le bozze. Lo aspettavo all'EPAUCI per quel giorno, ma non si fece vedere, e solo verso sera telefonò che lo raggiungessi al suo ufficio alla Wafd, e gli portassi lì le bozze perché lui non si poteva muovere. Anzi, mandava la sua macchina con l'autista a prendermi.

La Wafd era una fabbrica di cui Cordà era consigliere delegato. La grossa automobile, con me rincantucciato in fondo, le mani col plico delle bozze sulle ginocchia, mi portò per sconosciuti quartieri della periferia, fiancheggiò un muro cieco, entrò salutata dai guardiani per un ampio cancello e mi depositò ai piedi della scalinata della direzione.

L'ingegner Cordà stava alla scrivania del suo ufficio, attorniato da un gruppo di dirigenti, esaminando certi conti o piani di produzione che si stendevano su enormi fogli e traboccavano dal tavolo. – Scusi un momento solo, dottore, – mi disse, – e sono subito da lei.

Io guardavo alle sue spalle: la parete dietro di lui era una lastra di vetro, una larghissima finestra dalla quale si dominava l'estensione della fabbrica. Nella sera nebbiosa emergevano poche ombre; in primo piano spiccava la sagoma d'un elevatore a catena che portava su grandi secchi – credo – di polvere di ghisa. Si vedeva la fila delle tazze di ferro salire con continui scatti e un lieve ondeggiare che pareva scomponesse un poco la sagoma del mucchio di minerale e mi pareva che un velo fitto se ne levasse in aria e venisse a posarsi anche sulla vetrata dello studio dell'ingegnere.

In quel momento egli diede ordine d'accendere la luce; d'improvviso contro il buio di fuori la vetrata apparve ricoperta d'un minuto smeriglio, certo fatto di polvere di ghisa, luccicante come il pulviscolo d'una galassia. Il disegno delle ombre là fuori si scompose; più nette risultarono in fondo le sagome delle ciminiere, incappucciate ciascuna da uno sbuffo rosso, e sopra queste fiamme per contrasto s'accentuava l'ala nera come d'inchiostro che invadeva tutto il cielo e vi si scorgevano salire e vorticare punti incandescenti.

Cordà ora stava esaminando con me le bozze de «La Purificazione» e subito entrato nel diverso campo d'entusiasmi e sollecitazioni mentali della sua attività di presidente dell'EPAUCI, commentava con me e con i dirigenti della Wafd gli articoli del bollettino. E io che tante volte di fronte a lui, negli uffici dell'Ente, sfogavo il mio naturale antagonismo di dipendente dichiarandomi mentalmente dalla parte dello smog, agente segreto dello smog penetrato nello stato maggiore nemico, ora capivo quanto il mio gioco era insensato, perché era l'ingegner Cordà il padrone dello smog, era lui che lo soffiava ininterrottamente sulla città, e l'EPAUCI era una creatura dello smog, nata dal bisogno di dare a chi lavorava per lo smog la speranza d'una vita che non fosse solo di smog, ma nello stesso tempo per celebrarne la potenza.

Cordà, contento del numero, volle accompagnarmi a casa in macchina. Era una serata di nebbia fitta. L'autista procedeva piano, perché oltre le rade luci non si vedeva di qui a lì. Il presidente, trasportato da uno dei suoi slanci d'ottimismo generale, andava tracciando le linee d'una città del futuro, con quartieri giardino, fabbriche circondate da aiole e specchi d'acqua, impianti di razzi che spazzavano dal cielo il fumo delle ciminiere. E indicava di là dai vetri, nel nulla di fuori, come se le cose che lui immaginava fossero già lì; io lo stavo a sentire non so se spaventato o ammirato, scoprendo come l'abile uomo d'industria e il visionario coesistessero in lui e avessero bisogno uno dell'altro.

A un certo punto, mi parve di riconoscere i miei posti. – Fermi, fermi pure qui, sono arrivato, – dissi all'autista. Salutai, ringraziai, scesi. Quando l'auto fu ripartita mi accorsi d'essermi sbagliato. Ero sceso in un quartiere sconosciuto e intorno non si vedeva nulla.

Al ristorante continuavo a consumare i miei pasti solo, dietro il riparo del giornale. E mi accorsi che c'era anche un altro avventore che si comportava nello stesso modo. Qualche volta non essendoci altri posti liberi finivamo allo stesso tavolo e ci fronteggiavamo coi giornali spiegati. Leggevamo quotidiani diversi: il mio era quello che leggevano tutti, il più importante giornale della città; certo non avevo nessuna ragione per farmi notare come uno diverso dagli altri leggendo un altro giornale, o addirittura (se avessi letto il giornale del mio commensale) come uno che ha delle opinioni politiche spinte. Da opinioni politiche e partiti io mi sono sempre tenuto lontano, ma lì al tavolo del ristorante, certe sere, quando posavo il giornale, il commensale diceva: – Permette? – facendo cenno di prenderlo, e m'offriva il suo: – Se vuole leggere questo...

Così davo un'occhiata al suo giornale, che era un po' come dire il rovescio del mio, non solo perché sosteneva idee opposte, ma perché s'occupava delle cose che per quell'altro non esistevano nemmeno: dipendenti licenziati, macchinisti che restavano con una mano in un ingranaggio (di queste persone pubblicava anche la fotografia), tabelle con le cifre degli assegni familiari, e così via. Ma soprattutto, quanto l'altro giornale cercava d'esser sempre brillante nella stesura degli articoli e d'attirare il lettore con fatterelli divertenti, per esempio i divorzi delle belle ragazze, tanto questo era scritto con espressioni sempre uguali, ripetute, grige, con titoli che mettevano in rilievo il lato negativo delle cose. Anche il modo con cui il giornale era stampato era grigio, fitto fitto, monotono. E a me venne da pensare: «To', mi piace».

Cercai di dire quest'impressione al mio commensale, naturalmente guardandomi bene dal commentare singole notizie e opinioni (già lui aveva cominciato a chiedermi cosa mi sembrava d'una certa notizia dall'Asia) e cercando nello stesso tempo di attenuare l'aspetto negativo del mio giudizio, perché mi pareva un tipo che non accetta critiche alla sua parte e io non avevo intenzione d'imbarcarmi in una discussione.

Invece egli pareva seguire un suo filo di pensieri, per cui il mio apprezzamento del giornale doveva apparire superfluo o fuori posto. – Sa? – disse, – non è ancora un giornale fatto come dovrebbe esser fatto. Non è come io vorrei che fosse.

Era un giovane basso di statura ma ben proporzionato, bruno, ricciuto, pettinato con molta cura, con la faccia ancora da ragazzo, pallida e rosata sulle guance, i lineamenti fini e regolari, lunghe ciglia nere, un'aria contegnosa, quasi superba. Vestiva con un'accuratezza un po' ricercata. – C'è ancora tanta genericità, tanta mancanza di precisione, – continuò, – specialmente per quel che riguarda le cose *nostre*. È ancora troppo un giornale che somiglia agli altri. Un giornale come dico io dovrebbe esser fatto in massima parte dai suoi lettori. Dovrebbe cercare di dare un'informazione scientificamente esatta di tutto quello che avviene nel mondo della produzione.

– Lei è tecnico in una fabbrica? – chiesi.

– Operaio specializzato.

Facemmo conoscenza. Si chiamava Omar Basaluzzi. Quando seppe che lavoravo all'EPAUCI s'interessò molto e mi chiese dei dati che avrebbe utilizzato in una sua relazione. Gli indicai alcune pubblicazioni (alla portata di tutti, del resto; non tradivo alcun segreto d'ufficio, come a ogni buon conto gli feci notare con un sorrisetto) ed egli tirò fuori una piccola agenda e prese nota con metodo, come compilasse una scheda bibliografica.

– Io mi occupo di studi statistici, – disse, – un settore in cui la nostra organizzazione è molto indietro –. Ci infilammo i cappotti per uscire. Basaluzzi aveva un soprabito sportivo, di taglio elegante, e un berrettino di tela impermeabile. –... È molto indietro, – continuò, – mentre, secondo me, è il settore fondamentale...

– Il lavoro le lascia tempo per occuparsi di questi studi? – gli chiesi.

– Vede, – mi disse (rispondeva sempre un po' dall'alto, con una certa sufficienza cattedratica), – è tutta questione di metodo. Io ho otto ore di fabbrica al giorno, e poi non c'è sera che non abbia qualche riunione, anche la domenica. Ma bisogna saper organizzare il lavoro. Ho formato dei gruppi di studio, tra i giovani della nostra azienda...

– Sono in tanti... quelli come lei?

– Pochi. Sempre meno. A uno a uno ci fanno fuori. Un giorno o l'altro vedrà qui, – e indicava il giornale,

– la mia foto sotto il titolo: «Un nuovo licenziamento di rappresaglia».

Camminavamo nel freddo notturno; io stavo rincantucciato nel mio cappotto, a bavero alzato; Omar Basaluzzi procedeva con calma, parlando, a collo alto, con la piccola nuvola di fiato che usciva dalle labbra finemente disegnate, e ogni tanto levava di tasca una mano per sottolineare un punto del suo discorso, e allora si fermava, come se non potesse andare avanti finché quel punto non fosse chiaramente stabilito.

Io non seguivo più le cose che diceva; pensavo che uno come Omar Basaluzzi non cercava di sfuggire a tutto il grigio fumoso che c'era intorno, ma di trasformarlo in un valore morale, in una norma interiore.

– Lo smog... – dissi.

– Lo smog? Sì, so che Cordà vuol essere l'industriale moderno... Purificare l'atmosfera... Lo vada a raccontare ai suoi operai! Non sarà certo lui che la purifica... È questione di struttura sociale... Se riusciamo a cambiarla, risolveremo anche il problema dello smog. Noi, non loro.

M'invitò a venire con lui, a un'assemblea di rappresentanti sindacali di diverse aziende della città. Mi sedetti in fondo a una sala fumosa. Omar Basaluzzi prese posto al tavolo della presidenza insieme ad altri uomini tutti più anziani di lui. La sala non era riscaldata; tutti tenevano i cappotti e i cappelli.

A uno a uno s'alzavano quelli che dovevano parlare e si rimettevano in piedi accanto al tavolo; il modo di rivolgersi al pubblico era uguale per tutti, neutro, spoglio, con formule per aprire il discorso e per legare gli argomenti che dovevano appartenere a una loro convenzione perché tutti le usavano. Da certi mormorii dell'uditorio m'accorgevo che era stata detta una battuta polemica, ma erano polemiche coperte, che cominciavano sempre approvando quello che era stato detto prima. Molti di quelli che parlavano mi pareva che ce l'avessero proprio con Omar Basaluzzi; il giovane, seduto un po' di sbieco al tavolo della presidenza, aveva tratto di tasca una borsa da tabacco di cuoio lavorato e una corta pipa inglese, e la riempì con lenti movimenti delle sue piccole mani, si mise a fumare boccate attente, a palpebre socchiuse, un gomito puntato sul tavolo e la guancia appoggiata contro la mano.

La sala s'era riempita di fumo. Uno propose d'aprire un momento una finestrella lassù in alto. Una ventata fredda cambiò l'aria ma presto da fuori cominciò a entrare la nebbia, e da un capo all'altro della sala quasi non ci si vedeva. Io dal mio posto scrutavo quella folla di schiene immobili nel freddo, qualcuna col bavero alzato, e la fila di sagome incappottate al tavolo della presidenza, e uno in piedi che parlava, grosso come un orso, tutti avvolti, impregnati ormai da quella nebbia, anche le loro parole, la loro ostinazione.

Claudia tornò in febbraio. Andammo a colazione in un ristorante di lusso sul fiume, in fondo al parco. Fuori dei vetri guardavamo le rive e le piante che componevano col colore dell'aria un quadro di vecchia eleganza.

Non riuscivamo a intenderci. Discutevamo sul tema: la bellezza. – Gli uomini hanno perduto il senso della bellezza, – diceva Claudia.

– La bellezza va inventata continuamente, – dicevo io.

– La bellezza è sempre la bellezza, è eterna.

– La bellezza nasce sempre da un urto.

– Sì, i greci!

– E be', i greci?

– È civiltà, la bellezza!

– Quindi...

– E allora...

Potevamo continuare così fino a domani.

– Questo parco, questo fiume...

(«Questo parco, questo fiume, – io pensavo, – possono stare solo in margine, consolarci del resto; una bellezza antica non può nulla contro una bruttezza nuova»).

– Quest'anguilla...

Nel mezzo della sala del ristorante c'era una cassa di vetro, un acquario, e dentro vi nuotavano delle grosse anguille.

– Guarda!

S'avvicinarono degli avventori, gente di riguardo, una famiglia di agiati buongustai: madre, padre, figlia grande, figlio adolescente. Accanto a loro era il *maître*, in marsina, sparato bianco, corpulento, enorme; impugnava il manico d'una reticella, come quelle dei bambini per le farfalle. La famiglia guardava le anguille, seria, attenta; a un certo punto la signora alzò una mano, indicò un'anguilla. Il *maître* immerse la reticella nell'acquario, con mossa rapida catturò il pesce e lo trasse fuori dall'acqua. L'anguilla si dibatteva guizzando nella rete. Il *maître* s'allontanò verso la cucina reggendo dinanzi a sé come una lancia la rete col pesce boccheggiante. La famiglia lo seguì con lo sguardo, poi si sedette a tavola, ad aspettare che tornasse cucinato.

– La crudeltà...

– La civiltà...

– Tutto è crudele...

Invece di chiamare un taxi, uscimmo a piedi. I prati, i tronchi erano fasciati di quel velo che si levava fitto dal fiume, umido, qui ancora un fatto di natura. Claudia camminava raccolta nella pelliccia dal bavero spiovente, nel manicotto, nel colbacco. Eravamo le due ombre d'innamorati che fanno parte del quadro.

– La bellezza...

– La tua bellezza...

– A che serve? Tanto...

Io dissi: – La bellezza è eterna.

– Ah, dici quello che prima dicevo io?

– No: il contrario...

– Con te non si può mai discutere, – lei disse.

Si staccò come volesse andarsene per conto suo, per il viale. Una lama di nebbia corse raso terra: la *silhouette* impellicciata camminava come se non toccasse il suolo.

Riaccompagnavo Claudia in albergo, la sera, e trovammo la hall piena di signori in smoking e signore scollate. Era carnevale, nel salone dell'albergo c'era un veglione di beneficenza.

– Che bello! Mi ci accompagni? Vado a mettermi l'abito da sera!

Io non sono tipo da veglioni e mi sentivo a disagio. – Ma non abbiamo l'invito... Io sono vestito di marron...

– Per me non c'è bisogno d'inviti... E tu sei il mio cavaliere...

Corse su a cambiarsi. Io non sapevo dove stare. C'era pieno di ragazze col primo abito da sera, che s'incipriavano prima d'entrare nel salone e si scambiavano bisbigli eccitati. Stavo in un angolo, cercando di considerarmi un commesso venuto lì a portare un pacco.

S'aperse l'ascensore. Uscì Claudia in una gonna traboccante, le perle sul petto rosa, una mascherina coi brillanti. Io non potevo più far la parte del commesso. Andai al suo fianco.

Entrammo. Tutti gli occhi le erano addosso. Trovai un cotillon da mettermi in faccia, una specie di maschera con un naso buffo. Ci mettemmo a ballare.

Quando Claudia volteggiava, le altre coppie ci facevano largo per vederla; io che ballo malissimo volevo invece stare in mezzo alla folla, ed era una specie di gioco a nascondersi. Claudia osservò che non ero niente allegro, che non sapevo divertirmi.

Finito un ballo, passavamo per raggiungere il nostro tavolo davanti a un gruppo di signori in piedi. – Oh! – Mi trovai faccia a faccia con l'ingegner Cordà. Era in frac, con un cappelluccio di cotillon arancione in testa. Mi toccò fermarmi a salutarlo. – Ma è proprio lei, dottore, mi pareva e non mi pareva! – diceva lui, ma guardava Claudia, e io capivo che voleva dire che non si sarebbe mai aspettato di vedermi con una donna così, io sempre il solito, con la mia giacchetta dell'ufficio.

Dovetti far le presentazioni; Cordà baciò la mano a Claudia, le presentò quegli altri signori anziani che erano con lui, e Claudia sempre distratta e superiore non stava a sentire i nomi (e io invece dicevo tra me: «Accidenti! Pensa un po' chi è!» perché erano tutti pezzi grossi dell'industria). Poi Cordà presentò me: – Il dottore è il redattore del nostro periodico, voi sapete, «La Purificazione», da me diretto, vero... – Compresi che erano tutti un po' intimiditi, di fronte a Claudia, e dicevano delle stupidaggini. Allora mi sentii meno timido io.

Capii che stava per succedere qualcosa, cioè che Cordà non stava nella pelle di invitare Claudia a ballare. Dissi: – Così, allora, è vero, ci vediamo più tardi... – feci dei gran cenni di saluto e portai Claudia di nuovo sulla pista delle danze, e lei diceva: – Ma di', questo tu non lo sai ballare, non senti che cos'è?

Io sentivo solo che avevo, in qualche modo non

ben chiaro nemmeno a loro, guastato loro la festa con la mia apparizione a fianco di Claudia, ed era questa l'unica soddisfazione che potevo trarne. – *Cha-cha-cha...* – canterellavo facendo finta di ballare un passo che non conoscevo affatto, tenendo Claudia solo leggermente per mano perché potesse muoversi per conto suo.

Era il carnevale; perché non avrei dovuto divertirmi? Le trombette ululavano scompigliando le loro frange spioventi, manciate di coriandoli picchiettavano come uno sbriciolio di calcinacci le spalle delle marsine e quelle nude delle donne, s'infilavano nell'orlo dei *décolletés* e dei colletti, e dai lampadari al pavimento dove s'ammucchiavano in molli grovigli spinti dallo scalpiccio dei ballerini si tendevano le stelle filanti come fasci di fibre ormai spoglie di materia o come fili rimasti penzolanti tra i muri crollati d'una distruzione generale.

– Voi potete accettare il mondo brutto com'è perché sapete di doverlo distruggere, – dissi a Omar Basaluzzi. Parlavo un po' per provocarlo, se no non c'era gusto.

– Un momento, – disse Omar, posando la tazzina di caffè che stava portando alle labbra, – noi non diciamo mica: tanto peggio tanto meglio. Noi siamo per migliorare... Né riformismo né estremismo: noialtri...

Io seguivo il mio filo di pensieri, lui il suo. Da quella volta al parco con Claudia, cercavo una nuova immagine del mondo che desse un senso a questo nostro grigiore e valesse tutta la bellezza che si perdeva, salvandola... – Una nuova faccia del mondo.

L'operaio aperse la cerniera d'un portafoglio di pelle nera, tirò fuori una rivista illustrata. – Vede? – C'era una serie di fotografie. Un popolo asiatico, con berrettini di pelliccia e calzari, andava beatamente a pesca per un fiume. In un'altra foto c'era quello stesso popolo che andava a scuola: un maestro indicava su un lenzuolo le lettere d'un alfabeto incomprensibile. In un'altra figura c'era una festa e tutti avevano delle teste di draghi, e nel mezzo, tra i draghi, veniva avanti un trattore con sopra un ritratto. Alla fine c'erano due, sempre col berrettino di pelliccia, che manovravano un tornio.

– Vede? È questa, – disse, – l'altra faccia del mondo.

Guardai Basaluzzi. – Voi non avete berrettini di pelliccia, non pescate storioni, non giocate coi draghi.

– E con ciò?

– Con ciò, non avrete niente che assomigli a loro, tranne questo, – e indicai il tornio, – che già avete.

– Eh no, sarà come lì, perché è la coscienza che cambierà, da noi come da loro, saremo nuovi dentro, prima che fuori... – diceva Basaluzzi e continuava a sfogliare la rivista. In un'altra pagina c'erano fotografie di altiforni e di operai con gli occhiali sulla fronte e le facce fiere. – Eh, ci saranno problemi anche allora, non bisogna credere che da un giorno all'altro... – disse. – Per un bel po', sarà dura: la produzione... Ma si sarà fatto un bel passo... Cose come adesso, per esempio, non ne succederanno... – e riprese a parlare delle cose di cui parlava sempre, dei problemi che giorno per giorno gli stavano a cuore.

Mi rendevo conto che a lui, venisse o non venisse quel giorno, gli importava meno di quel che si potesse credere, perché quel che contava era la condotta della sua vita, che non doveva cambiare.

– Grane ce ne saranno sempre, si capisce... Non sarà il paradiso... Come noialtri non siamo mica santi...

Cambierebbero vita i santi, se sapessero che il paradiso non c'è?

– Mi hanno licenziato la settimana scorsa, – fece Omar Basaluzzi.

– E adesso?

– Faccio attività al sindacato. Forse quest'autunno si fa libero un posto da funzionario.

Stava andando alla Wafd, dove in mattinata s'era svolta una difficile agitazione. – Viene con me?

– Eh! Proprio lì non posso farmi vedere, lei capisce il perché.

– Neanch'io posso farmi vedere. Comprometterei i compagni. Ci metteremo in un caffè lì vicino.

Andai con lui. Dai vetri d'un caffeuccio vedevamo gli operai del turno uscire dai cancelli coi manubri delle biciclette per mano, o affollarsi ai tram, le facce già disposte al sonno. Qualcuno, certo già avvertito, entrava nel caffè e s'avvicinava subito a Omar; così si formò un gruppetto che si mise a parlare in disparte.

Io non capivo nulla delle loro questioni e m'ero messo a studiare cosa c'era di diverso tra la faccia degli innumerevoli che sciamavano via dai cancelli certo senza pensare a niente tranne che alla famiglia e alla domenica, e questi qui che si fermavano con Omar, cioè gli ostinati, i duri. E non ci trovavo nessun segno che li distinguesse: le stesse facce anziane o presto mature, figlie della stessa vita; la differenza era dentro.

E poi studiavo le facce e le parole di questi per vedere se distinguevo chi alla base di tutto aveva il pensiero «Verrà il giorno...» e quelli per cui, come per Omar, che venisse o non venisse il giorno, non cambiava. E vidi che non si potevano distinguere, perché forse tutti erano dei secondi, anche quei pochi che per impazienza o faciloneria di parola potevano sembrare dei primi.

E poi non sapevo più cosa guardare e guardai il cielo. Era una giornata di prima primavera e sopra le case della periferia il cielo era luminoso, azzurro, limpido, però a scrutarlo bene ci vedevo come un'ombra, una sbavatura come su una vecchia fotografia ingiallita, come i segni che si vedono attraverso una lente spettroscopica. Neanche la bella stagione avrebbe pulito il cielo.

Omar Basaluzzi aveva inforcato un paio d'occhiali neri dalla grossa montatura e continuava a parlare in mezzo a quegli uomini, minuzioso, competente, superbo, un po' nasale.

Pubblicai su «La Purificazione» una notizia presa da un giornale straniero sull'inquinamento dell'aria per le radiazioni atomiche. Era in corpo minore e l'ingegner Cordà sulle bozze non ci fece caso, ma la lesse sul giornale già stampato e mi mandò a chiamare.

– Santoddio, bisogna proprio star dietro a tutto, cento occhi ci vogliono! – fece. – Cosa le è venuto in mente di pubblicare quella notizia lì? Non è di queste cose che si occupa il nostro Ente. Ci mancherebbe! E poi, senza dirmi nulla! Una cosa così delicata! Adesso diranno che ci mettiamo a fare della propaganda!

Risposi qualche frase di giustificazione: – Sa, trattandosi d'inquinamento, mi scusi, avevo pensato...

M'ero già congedato quando Cordà mi richiamò. – Ma, senta, dottore, lei a questo pericolo della radioattività ci crede? Sì, insomma, che sia già così grave...

Ero al corrente di alcuni dati d'un congresso di scienziati e glie li riferii. Cordà mi stava a sentire, assentendo, contrariato.

– Mah, in quale terribile tempo ci è stato dato di vivere, caro dottore! – scattò a un certo punto, ed era tornato il Cordà che ben conoscevo. – È il rischio che dobbiamo correre, caro lei, senza voltarci indietro, perché la posta è grossa, caro lei, la posta è grossa!

Restò a capo chino qualche minuto. – Noi, nel nostro settore, – riprese, – senza voler sopravvalutare, la nostra parte la facciamo, il nostro contributo lo diamo, siamo all'altezza della situazione.

– Questo è certo, ingegnere. Ne sono convinto, ingegnere –. Ci guardammo, un po' imbarazzati, un po' ipocriti. La nube di smog ora appariva rimpicciolita, una nuvoletta appena, un cirro, a paragone della sovrastante nube atomica.

Lasciai l'ingegner Cordà dopo alcune altre frasi generiche e affermative, e anche stavolta non si capiva bene se la sua vera battaglia la intendesse pro o contro la nuvola.

Da allora evitai di far cenno nei titoli alle esplosioni o alla radioattività, ma in ogni numero, nelle colonne dedicate al notiziario tecnico, cercavo d'introdurre qualche informazione sull'argomento, e anche in certi articoli, in mezzo ai dati sulle percentuali di carbone o di nafta nell'atmosfera urbana e sulle loro conseguenze fisiologiche, inserivo dati ed esempi analoghi relativi alle zone atomizzate. Né Cordà né altri mi fecero più osservazione, ma questo anziché rallegrarmi mi confermava nel sospetto che «La Purificazione» non la leggesse proprio nessuno.

Avevo una cartella in cui tenevo il materiale sulle radiazioni nucleari, perché scorrendo i giornali con l'occhio esercitato a scegliere notizie e articoli da utilizzare, trovavo sempre qualcosa su quel tema e lo mettevo da parte. Un'agenzia di ritagli stampa, poi, a cui l'Ente era abbonato, per la voce «Inquinamento dell'atmosfera» ci mandava sempre più ritagli che parlavano delle bombe atomiche, mentre quelli sullo smog erano sempre meno.

Così ogni giorno mi capitavano sott'occhio statistiche di malattie terribili, storie di pescatori raggiunti in mezzo all'oceano da nubi mortifere, cavie nate con due teste dopo esperimenti con l'uranio. Alzavo gli occhi alla finestra. Era giugno avanzato ma l'estate non cominciava: il tempo era greve, le giornate oppresse da una fosca caligine, nelle ore meridiane la città era immersa in una luce di finimondo, i passanti parevano ombre fotografate al suolo dopo che il corpo era volato via.

Il corso normale delle stagioni pareva cambiato, densi cicloni percorrevano l'Europa, l'inizio dell'estate era segnato da giorni carichi d'elettricità, poi da settimane di pioggia, da calori improvvisi e da improvvisi ritorni d'un freddo come di marzo. I giornali escludevano che in questi disordini atmosferici potessero entrare gli effetti delle bombe; solo qualche solitario scienziato pareva lo sostenesse (di cui peraltro era difficile stabilire se dava affidamento) e insieme la voce anonima del popolino, pronta sempre, si sa, a fare un'accozzaglia delle cose più disparate.

Anche a me dava ai nervi sentire la signorina Margariti che parlava scioccamente dell'atomica per avvertirmi che anche quel mattino avrei dovuto prendere l'ombrello. Ma certo, aprendo le persiane, alla vista livida del cortile, che in quella falsa luminosità appariva un reticolo di striature e macchie, ero tentato di ritirarmi come se una scarica di particelle invisibili proprio in quel momento stesse abbattendosi dal cielo.

Questo peso di cose non dette che si trasformava in

superstizione pesava sui comuni discorsi del tempo che fa, una volta considerati i meno impegnativi. Del tempo adesso si evitava di parlare, o dovendo dire che pioveva o che s'era schiarito s'era presi da una specie di vergogna, come si tacesse qualche nostra oscura responsabilità. Il dottor Avandero che viveva i giorni della settimana preparando la gita domenicale, aveva preso verso il tempo una finta indifferenza che mi pareva del tutto ipocrita, servile.

Feci un numero de «La Purificazione» in cui non c'era articolo che non parlasse della radioattività. Neanche questa volta ebbi seccature. Che non fosse letto però non era vero; leggere, leggevano, ma ormai per queste cose era nata una specie d'assuefazione, e anche se c'era scritto che la fine del genere umano era vicina, nessuno ci badava.

Anche i settimanali d'attualità portavano notizie da far rabbrividire, ma la gente sembrava prestar fede solo alle fotografie a colori di belle ragazze sorridenti in copertina. Uno di questi settimanali uscì con in copertina la foto di Claudia in costume da bagno che faceva un'evoluzione sugli sci d'acqua. La appesi con quattro puntine a una parete della mia stanza d'affitto.

Ogni mattino e ogni pomeriggio continuavo a recarmi nel quartiere dai tranquilli viali dov'era il mio ufficio, e alle volte ricordavo il giorno d'autunno in cui c'ero venuto la prima volta, quando in ogni cosa che vedevo cercavo un segno, e mi pareva che nulla fosse abbastanza grigio e squallido per come mi sentivo. Anche adesso il mio sguardo cercava solo dei segni; altro non ero mai stato capace di vedere. Segni di cosa? segni che si rimandavano l'un l'altro all'infinito.

Così mi capitava alle volte in quel quartiere d'incontrare un carro tirato da un mulo: un carretto a due ruote, che andava per un controviale, carico di sacchi. Oppure lo incontravo fermo a un portone, il muletto alle stanghe che chinava il capo, e in cima al mucchio di sacchi bianchi una bambina.

Poi m'accorsi che non c'era solo un carro così, che girava da quelle parti, ma erano in diversi. Non saprei dire quando cominciai ad accorgermene; uno vede tante cose e non ci bada; magari queste cose che vede hanno un effetto su di lui ma lui non se ne accorge; poi comincia una volta a collegare una cosa con l'altra e allora improvvisamente tutto acquista significato. La vista di questi carri, senza che io vi ponessi mente, aveva su di me un effetto rasserenante, perché un incontro insolito, come un carro dall'aria campagnola in mezzo a una città tutta automobili, basta a far ricordare che il mondo non è mai tutto a una maniera.

Avevo dunque cominciato a farci attenzione: una bambina con le trecce stava in cima alla montagna bianca dei sacchi leggendo un giornalino, poi dal portone usciva un uomo grosso con un paio di sacchi e metteva anche quelli sul carro, girava la manovella del freno, diceva: – Jii... – al mulo, e andavano, la bambina sempre in cima che continuava a leggere. E si fermavano a un altro portone; l'uomo scaricava alcuni sacchi dal carro e li portava dentro.

Più in là, nel controviale opposto andava un altro carro, e a cassetta c'era un vecchietto, e una donna andava su e giù per le scale dei palazzi con grossi fagotti in testa.

Io cominciai a notare che i giorni in cui vedevo i carri ero più allegro e fiducioso, e queste giornate capitavano sempre di lunedì: così appresi che è il lunedì la giornata in cui i lavandai percorrono coi loro carri la città e riportano i fagotti con la roba pulita e portano via la roba sporca.

Adesso che lo sapevo, la vista dei carri dei lavandai non mi sfuggiva più: bastava che al mattino andando ne vedessi uno, e mi dicevo: «Già, è lunedì!» e subito dopo ne appariva un altro che procedeva per un altro corso, seguito da un canino che abbaiava, e un altro ancora s'allontanava laggiù, ne vedevo solo il carico da dietro, coi sacchi a righe bianche e gialle.

Tornando dall'ufficio presi il tram, per altre vie più affollate e assordanti, e anche lì ecco a un incrocio il traffico si doveva fermare perché lenta vi girava la ruota dai lunghi raggi d'un carretto di lavandaio. Buttavo l'occhio in una via secondaria e, fermo a fianco del marciapiede, vedevo il mulo coi fagotti di biancheria che un uomo dal cappello di paglia stava scaricando.

Feci quel giorno un giro molto più lungo del solito per rincasare, sempre continuando a incontrare i lavandai. Mi rendevo conto che per la città quella era una specie di festa, perché tutti erano felici di dare via i panni segnati dal fumo e di riavere il candore del lino addosso, fosse pure per poco.

Il lunedì dopo volli seguire i lavandai per vedere dove andavano al ritorno, fatte le consegne e ritirato il nuovo lavoro. Camminavo un po' a caso, perché un po' seguivo un carro, un po' l'altro, e a una cert'ora capii che c'era una direzione che finivano per prendere tutti, certe vie dove finivano per passare, e quando si trovavano a incontrarsi o a incolonnarsi uno dietro all'altro, s'apostrofavano con calmi saluti e scherzi. Così continuai a seguirli e a perderli per un lungo percorso finché non fui stanco, ma prima di lasciarli avevo appreso che c'era un paese dei lavandai: erano tutti del sobborgo di Barca Bertulla.

Un giorno, di pomeriggio, ci andai. Passai un ponte su un fiume, era mezzo campagna, le strade camionali erano ancora fiancheggiate da una striscia di case ma subito dietro c'era il verde. Le lavanderie non si vedevano. Delle osterie aprivano pergole ombrose, sul fianco di canali interrotti da chiuse. M'inoltrai cacciando gli occhi per ogni cancello d'aia e ogni sentiero. Ero uscito a poco a poco dall'abitato, e le file dei pioppi si facevano a ridosso della strada, segnando le rive dei frequenti canali. E là in fondo, oltre i pioppi, vidi un prato veleggiante di bianco: roba stesa.

Presi per un sentiero. Larghi prati erano attraversati da fili ad altezza d'uomo e a questi fili erano appesi ad asciugare uno dopo l'altro i panni di tutta la città, ancora molli di bucato e informi, tutti uguali nelle grinze che la stoffa faceva al sole, e per ogni prato intorno si ripeteva questo biancheggiare delle file lunghissime di panni. (Altri prati erano spogli, ma anch'essi attraversati dai fili paralleli, come vigneti senza viti).

Io giravo tra i campi biancheggianti di roba stesa e mi voltai di scatto a uno scoppio di risa. Sulla riva di un canale, sopra una chiusa, c'era la sponda d'un lavatoio e di là con le braccia rimboccate, le vesti di tutti i colori, s'affacciarono alte sopra di me le facce rosse delle lavandaie e ridevano e ciarlavano, le giovani coi petti sotto le bluse che andavano su e giù, le vecchie grasse coi fazzoletti in capo, e muovevano avanti e indietro le braccia rotonde nella saponata e strizzavano con moto angoloso dei gomiti i panni attorcigliati. In mezzo a loro gli uomini coi cappelli di paglia scaricavano le ceste in mucchi separati, o ci davano dentro anche loro col quadrato sapone di Marsiglia, o battevano con le palette di legno.

Io ormai avevo visto, e non avevo niente da dire o da ficcare il naso. Tornai indietro. Sul ciglio dello stradone cresceva un po' d'erba e io stavo attento a camminare lì per non impolverarmi le scarpe e per tenermi un po' allo scarto dai camion che passavano. Tra i prati le siepi e i pioppi continuavo a seguire con lo sguardo i fontanili, le scritte su certi bassi edifici LAVANDERIA A VAPORE, COOPERATIVA LAVANDAI BARCA BERTULLA, i campi dove le donne come vendemmiassero passavano coi cesti a staccare la biancheria asciutta dai fili, e la campagna nel sole dava fuori il suo verde tra quel bianco, e l'acqua correva via gonfia di bolle azzurrine. Non era molto, ma a me che non cercavo altro che immagini da tenere negli occhi, forse bastava.

La formica argentina

Noi non lo sapevamo, delle formiche, quando venimmo a stabilirci qui. Ci sembrava che saremmo stati bene, il cielo e il verde erano allegri, forse esageratamente allegri per i pensieri che avevamo, io e mia moglie; come potevamo supporre la storia delle formiche? A pensarci bene, zio Augusto forse ce ne aveva una volta accennato: – Laggiù, dovreste vedere, le formiche... non come qui, le formiche... – ma era una divagazione d'un altro discorso, una cosa detta senza dar importanza, forse a proposito di formiche viste mentre stavamo discorrendo, che dico: formiche? una formica, avremmo visto, sperduta, una di quelle nostre formiche grasse (mi sembrano grasse, ora, le formiche dei miei paesi), e comunque l'accenno di zio Augusto non modificava per niente la descrizione che ci veniva facendo di questa regione, dove la vita, per qualche circostanza che lui non sapeva ben spiegare, era più facile, e il guadagno, se non assicurato, almeno probabile, a giudicare dai tanti, non lui, zio Augusto, che ci s'erano sistemati.

Perché si fosse trovato bene, qui, nostro zio, cominciammo a intuirlo dalla prima sera, vedendo il chiarore dell'aria dopocena e comprendendo il piacere di girare per quelle vie verso la campagna, sedersi sui muriccioli d'un ponte come vedemmo fare a certuni, e poi sempre di più quando trovammo un'osteria che lui aveva frequentato, con un orto dietro, e certi tipi bassotti e anziani come lui, ma gradassi e urloni, che dicevano d'essere stati suoi amici, gente senza mestiere anche loro, io credo, uomini di fatica a ore, sebbene uno dicesse, forse per vanteria, d'essere orologiaio; e sentimmo che ricordavano zio Augusto con un soprannome, ripetuto da tutti e seguito da lazzi generali, e notammo il ridere pallido in cui uscì una donna non più giovane anche lei, e un po' pingue, che era al banco, con una camicetta bianca traforata. E io e mia moglie capimmo quanto doveva contare tutto questo per zio Augusto, avere un soprannome, delle sere chiare a canzonarsi per quei ponti, e il vedere quella camicetta traforata venirsene d'in cucina, uscirsene nell'orto, e l'indomani qualche ora a scaricare sacchi per quel pastificio, e come là da noi avrebbe sempre rimpianto questo paese.

Tutte cose che anch'io avrei potuto apprezzare, fossi stato giovinotto e senza pensieri, oppure ben sistemato con tutta la famiglia. Ma così com'eravamo, col bambino appena guarito, il lavoro ancora da trovare, appena potevamo accorgercene, di queste cose che erano bastate, a zio Augusto, per dirsi contento, e forse accorgercene era già una tristezza, perché in un paese contento ci sembravamo più disgraziati ancora. Certe cose magari da nulla ci preoccupavano come venissero ad accrescere d'improvviso le nostre angustie (e non sapevamo niente delle formiche, allora) e la signora Mauro con tutte le raccomandazioni che ci faceva mostrandoci la casa aumentava questo nostro senso di addentrarci in un difficile mare. Ricordo un lungo discorso che ci fece sul contatore del gas, e come stavamo attenti a sentirlo, – Sì, signora Mauro... Faremo attenzione, signora Mauro... Speriamo davvero di no, signora Mauro... – tanto che neanche facemmo caso quando lei (ma ora lo ricordiamo chiaramente) si mise a muovere gli occhi sul muro come se leggesse e ci passò la punta delle dita e poi le mosse a pioggia come avesse toccato bagnato, o sabbia, o polvere. Non disse la parola: «formiche», però, ne siamo certi; forse perché era naturale che lì ci fossero le formiche, come c'erano i muri, il tetto, ma a mia moglie e a me è rimasta l'idea che abbia voluto fino all'ultimo nascondercelo, e che tutto il suo discorrere e raccomandare non fosse che un cercar d'attribuire importanza ad altre cose per far da schermo a quella.

Quando la signora Mauro andò via, portai dentro i materassi, e mia moglie non ce la faceva a trasportare il comodino, e mi chiamava, e poi volle mettersi subito a pulire la cucina economica e s'inginocchiò per terra, ma io dissi: – A quest'ora, cosa vuoi fare? Ci penseremo domani, adesso arrangiamoci alla bell'e meglio per passare la notte –. Il bambino piagnucolava pieno di sonno, e per prima cosa bisognava preparargli la cesta e metterlo a dormire. Da noi per i bambini s'usa una lunga canestra, e ce l'eravamo portata fin qui; la vuotammo della biancheria di cui l'avevamo riempita e trovammo un bel posto per metterla, una mensola, in un punto non umido e non troppo alto da terra, se cadesse. Nostro figlio subito ci s'addormentò e noi due guardammo la casa (una stanza divisa in due da un tramezzo; quattro mura e un tetto) che s'andava riempiendo di nostri segni. – Sì, sì, il bianco, certo daremo il bianco, – risposi a mia moglie guardando il soffitto e intanto la spingevo fuori per un gomito. Voleva ancora andare a guardar bene il gabinetto, in una piccola baracca a sinistra, ma io avevo voglia di farle fare quattro passi nel terreno; perché la nostra casa era in un terreno, due grandi aiole o semenzai incolti con in mezzo un passaggio, coperto da un'armatura di ferro, ora nuda, forse per qualche rampicante seccato, zucca o vite. La signora Mauro aveva intenzione di darmi quel terreno da coltivare, per farci il nostro orto, senza chiedere nulla d'affitto, dato che era da tempo abbandonato; oggi però non ce ne aveva parlato e noi non avevamo detto niente perché c'era già troppa carne al fuoco. Ora con questo nostro camminare la prima sera per il terreno volevamo convincerci ch'eravamo arrivati a prendere confidenza e anche, in un certo senso, possesso di quel luogo; per la prima volta l'idea d'una continuità della nostra vita era possibile, di sere una dopo l'altra, sempre meno angustiate, a camminare tra quei semenzai. Queste cose certo non le dissi a mia moglie; ma ero ansioso di vedere se le sentiva anche lei: e di fatto mi sembrò che quei quattro passi avessero su di lei l'effetto che speravo; adesso ragionava sommessa, con lunghe pause, e ce ne venivamo a braccetto senza che lei si rifiutasse a quest'atteggiamento proprio ad epoche più agiate.

Così arrivammo al limite, e al di là della siepe vedemmo il signor Reginaudo che s'affaccendava con un soffietto attorno a casa sua. Io avevo conosciuto il signor Reginaudo qualche mese prima, quando ero venuto a combinare con la signora Mauro per l'alloggio. Ci avvicinammo per salutarlo e perché conoscesse mia moglie. – Buona sera, signor Reginaudo, – gli dissi, – si ricorda di me? – Ah, sì che lo riconosco, – disse. – Buona sera! Lei è il nostro vicino, così? – Era un signore basso e occhialuto, in pigiama e col cappello di paglia.

– Eh, siamo vicini, eh, tra vicini... – Mia moglie prese a dire delle frasi sorridenti e appena accennate, come si usa per cortesia; da tempo non la sentivo parlare così; non che mi piacesse, ma ero più contento che a sentirla lamentarsi.

– Claudia, – chiamò il nostro vicino, – vieni, ci sono i nuovi inquilini della casetta Laureri! – Non avevo mai udito chiamare con quel nome la nostra nuova casa (il nome, seppi poi, d'un antico proprietario), e me ne sentii fatto un po' estraneo. Uscì di casa la signora Reginaudo, un donnone, asciugandosi le mani nel grembiule; erano gente alla buona e con noi furono assai cordiali.

– E cos'è dietro a fare, con quel soffietto, signor Reginaudo? – gli chiesi.

– Eh... le formiche... queste formiche... – lui disse, e rise, come a non dar importanza.

– Formiche, sì? – ripeté mia moglie con quel tono distaccato e cortese che usava con gli estranei, per fingere attenzione ai loro discorsi; un tono che con me non usò mai, a quel che ricordo, nemmeno quando ci conoscevamo appena.

Poi ci accomiatammo dai vicini con molte cerimonie. Ma anche questa era una cosa che non riuscivamo a gustare fino in fondo: d'avere dei vicini, e per di più gente affabile e cordiale, e poter discorrere così con gentilezza.

A casa, decidemmo d'andare a letto subito. – Senti? – disse mia moglie; tesi l'orecchio e si sentiva ancora cigolare il soffietto del signor Reginaudo. Mia moglie andò al lavandino per un bicchier d'acqua; – Portane uno anche a me, – le dissi, e mi toglievo la camicia; – Ah! – gridò lei, – vieni! – Aveva visto le formiche sul rubinetto e la fila che veniva giù per il muro.

Accendemmo la luce, una lampada sola per due stanze, e le formiche erano una fila fitta che traversavano il muro e venivano dalla cornice della porta e chissà donde avevano origine. Ora le nostre mani ne erano coperte e noi le tenevamo aperte davanti agli occhi cercando di veder bene com'erano, queste formiche, e muovendo continuamente i polsi per non farcele scendere giù per le braccia. Erano formiche minuscole e impalpabili che si muovevano senza posa come spinte dallo stesso sottile prurito che ci davano. Solo allora mi venne in mente il nome: le «formiche argentine», anzi: «la formica argentina», così dicevano, certo dovevo averlo già sentito dire altra volta, che questo era un paese dove c'era «la formica argentina», e solo adesso sapevo quale sensazione si dovesse collegare a una tale espressione: questo vellichio fastidioso che si spargeva in ogni direzione e che non si riusciva, pur chiudendo le mani a pugno o stropicciandosi una mano con l'altra, a fermare del tutto, perché sempre restava qualche formichina sbandata che correva via per il braccio o per i vestiti. A schiacciarle, le formiche diventavano puntini neri che cadevano come sabbia, e sulle dita restava quell'odorino di formica, acido e pungente.

– È la formica argentina, sai... – dissi a mia moglie,

– viene dall'America... –; avevo preso mio malgrado l'inflessione di quando volevo insegnarle qualcosa, e me ne pentii subito perché sapevo che lei non sopportava questo tono in me e reagiva bruscamente, forse comprendendo che io non ero mai, usandolo, molto sicuro di me stesso.

Invece parve quasi che non mi sentisse: era presa dalla furia di distruggere o disperdere quella fila di formiche di sul muro, e ci passava col taglio della mano, e non otteneva che di farsi venire formiche addosso e di sparpagliarne altre intorno, e allora metteva la mano sotto il rubinetto, provava a tirare qualche schizzo in su, ma le formiche continuavano a camminare sul bagnato e nemmeno dalle mani, bagnandole, riusciva a spiccicarsele.

– Ecco che abbiamo le formiche in casa, ecco! – ripeteva. – Ecco che c'erano anche prima e non le abbiamo viste! – come se l'averle viste prima avesse mutato molto.

Io le dissi: – E là là, per due formiche! Adesso andiamo a letto e domani ci pensiamo! – E credetti bene d'aggiungere: – E là là, per un po' di formica argentina! – perché volevo, chiamandole col nome preciso che veniva loro dato nel paese, dare l'idea d'un fatto già successo e in un certo senso naturale.

Ma l'aria distesa a cui mia moglie s'era lasciata andare in quel giro per il terreno era bell'e scomparsa: era tornata diffidente contro tutto e tirata in viso come suo solito. E l'andare a dormire la prima volta nella casa nuova non fu come avrei sperato; a consolarci non era il sollievo dell'incominciare un'altra vita, ma il callo del tirare avanti sempre in mezzo a nuovi guai. «Tutto per due formiche», era quello che pensavo io; cioè quello che pensavo di pensare, poi magari anche per me era tutto differente.

Era più la stanchezza che l'agitazione, e si dormì. Ma a metà notte il bambino pianse, e noi due, ancora restando a letto (sperando sempre che a un certo punto smettesse e si riaddormentasse, cosa che però mai succedeva), a chiederci: – Che cosa avrà? Che cosa avrà? – Da quando era guarito, aveva smesso di piangere la notte.

– Ha le formiche! – gridò mia moglie che s'era alzata per cullarlo. Scesi dal letto anch'io, buttammo tutta la cesta all'aria, lo spogliammo nudo, e per vederci a togliergli quelle formiche, mezzo ciechi com'eravamo dal sonno, bisognava metterlo sotto la lampadina, col filo d'aria che veniva dalla porta, e mia moglie diceva: – Ora si raffredda, – ed a cercarlo addosso, con quella pelle che diventava rossa appena strofinata, era una pietà. C'era una fila di formiche che s'erano messe ad andare sulla mensola. Guardammo tutti i lenzuolini finché ne restò una, e dicevamo: – Dove lo mettiamo adesso a dormire? – Nel nostro letto, stretti com'eravamo, ci finiva schiacciato. Guardai bene il comò, e non c'erano arrivate formiche; allora lo scostai dal muro, apersi un cassetto e lì preparai da dormire per il bimbo. Quando ce lo mettemmo era già addormentato. Noi non avevamo che da buttarci sul letto e il sonno ci avrebbe subito ripreso, ma mia moglie volle guardare nelle provviste.

– Vieni qui, vieni qui! Dio! C'è pieno! È tutto nero! Aiuto! – Cosa si poteva fare? La presi per le spalle: – Vieni che ci pensiamo domani, ora neanche ci si vede, domani sistemiamo tutto, mettiamo in salvo ogni cosa, vieni a letto!

– Ma le provviste? Si rovinano!

– Al diavolo anche quelle! Cosa vuoi farci, adesso? Domani distruggiamo il formicaio, sta' tranquilla...

Ma a letto non ci riusciva più d'aver pace, con l'idea di quelle bestie dappertutto, nei cibi, nella roba; forse ora stavano risalendo dal pavimento per i piedi del comò fino al bambino...

Ci addormentammo che cantavano già i galli; e non passò molto che ricominciammo a muoverci e a grattarci perché avevamo l'idea di avere formiche in letto; forse salite fin là, forse rimasteci addosso dopo quel gran maneggiare che ne avevamo fatto. E così nemmeno quelle prime ore di mattino ci furono di ristoro, e ci alzammo presto, incalzati dal pensiero delle cose che dovevamo fare e anche dal fastidio di dover subito cominciare a batterci con quello struggente, impercettibile nemico che s'era impadronito della nostra casa.

La prima cosa, per mia moglie, fu badare al bambino: vedere se quelle bestie l'avessero morso (per fortuna non pareva), vestirlo, fargli da mangiare, tutto questo muovendosi nella casa informicata. Io sapevo la forza che doveva fare a se stessa per non gettare un grido ogni volta, a vedere, per esempio, sulle tazze lasciate sull'acquaio, le formiche torno torno all'orlo, e sul bavaglino del bambino, e sulla frutta. Gridò però scoprendo il latte: – È nero! – C'era un velo di formiche annegate o nuotanti. – È tutto in superficie, – dissi, – si toglie con un cucchiaino –. Ma poi ci sembrò che ne tenesse il sapore e non lo gustammo.

Io seguivo le file delle formiche sui muri per vedere donde venivano. Mia moglie si pettinava e vestiva con piccoli scatti d'ira subito repressi. – Non potremo mettere a posto i mobili finché non avremo cacciato le formiche! – diceva.

– Calma. Vedrai che s'aggiusta tutto. Ora vado dal signor Reginaudo che ha quella polvere e glie ne chiedo un po'. Diamo la polvere all'imbocco del formicaio, ho già visto dov'è, e subito ce ne liberiamo. Però, aspettiamo che sia un po' più tardi perché forse a quest'ora dai signori Reginaudo disturbiamo.

Mia moglie si tranquillizzò un poco, ma non io: d'aver visto l'imbocco del formicaio glie l'avevo detto per consolazione, ma più guardavo e più scoprivo nuove direzioni nelle quali le formiche andavano e venivano, e come la nostra casa, in apparenza liscia ed omogenea come un dado, fosse invece porosa e tutta solcata da fessure e crepe.

Mi confortai a farmi sulla soglia e a guardare le piante col sole che gli veniva allora addosso, e la sterpaglia che infestava il terreno mi parve rallegrante alla vista, perché metteva voglia di buttarsi a lavorare: pulire tutto per bene, zappare e cominciare le semine e i trapianti. – Vieni, – dissi al figlio, – che qui muffisci, – lo presi in braccio ed andai nel «giardino», anzi, per il piacere di cominciare un'abitudine a chiamare così il pezzo di terreno, dissi a mia moglie: – Porto il bambino un momento nel giardino, – e poi corressi: – In giardino, – perché mi sembrava più possessivo e familiare.

Il bambino al sole era allegro, e io gli dicevo: – Questo è un carrubo, questo è un albero di cachi, – e lo alzavo fino ai rami: – Adesso papà ti insegna a arrampicarti –. Scoppiò a piangere. – Cos'è? Hai paura? – ma vidi le formiche; quell'albero gommoso n'era tutto ricoperto. Ritirai subito il bambino. – Uh, quante formichine... – gli dicevo, ma ero preoccupato. Seguii le file delle formiche giù per il tronco, e m'accorsi che quel brulicare silenzioso e quasi invisibile continuava per terra, in tutte le direzioni, tra l'erbaccia. Pensavo: come potremo cacciare mai le formiche di casa? Su questo appezzamento di terra – che ieri m'era sembrato tanto piccolo, ma ora guardandolo in rapporto alle formiche m'appariva grandissimo, – si stendeva un velo ininterrotto di quegli insetti, scaturiti certo da migliaia di formicai sotterranei, e nutriti dalla natura appiccicosa e mielosa del suolo e della bassa vegetazione; e dovunque guardassi – per quanto a una prima occhiata non m'apparisse nulla, e già ne provassi sollievo –, poi aguzzando lo sguardo scorgevo una formica avvicinarsi e scoprivo che faceva parte d'un lungo corteo e che s'incontrava con altre, spesso reggendo briciole o frammenti di materia minuscoli ma pur sempre più grossi di loro, e in certi punti, dove – pensavo – s'era aggrumato qualche succo di pianta o qualche resto animale, c'era una corona di formiche assiepate, quasi saldate assieme come l'escara d'una piccola ferita.

Tornai da mia moglie col bambino in collo, quasi correndo, sentendo le formiche montarmi su per i piedi. E lei: – Ecco, hai fatto piangere il bambino. Cos'ha?

– Niente, niente, – dissi, in fretta, – ha visto due formiche su un albero, ed è ancora sotto l'impressione di stanotte, e gli pare di sentirsi addosso il prurito.

– Oh, che croce, anche questa! – mia moglie fece. Stava seguendo un passaggio di formiche sulla parete, e cercava di ucciderle premendo i polpastrelli addosso a ognuna. Io vedevo ancora i milioni di formiche da cui eravamo circondati in quel terreno che mi pareva ora smisurato, e mi venne da inveirle contro: – Che fai? Sei pazza? Non riuscirai a nulla, così!

Lei ebbe uno scatto di rabbia: – Ma lo zio Augusto! Lo zio Augusto che non ci ha detto niente! E noi come due stupidi! A dargli retta, a quel bugiardo! – Invece, cosa avrebbe potuto dirci, lo zio Augusto? La parola «formiche», per noi, allora, non poteva affatto esprimere lo sgomento di fronte a questa nostra condizione. Se lui ci avesse parlato di formiche, come forse – non posso escluderlo – una volta aveva fatto, noi avremmo pensato di trovarci contro un nemico concreto, numerabile, con un corpo, un peso. Davvero, se ora mi facevo tornare in mente le formiche dei paesi donde provenivamo, le vedevo come bestie ragguardevoli, creature di quelle che si possono toccare, smuovere, come i gatti, i conigli. Qui avevamo di fronte un nemico come la nebbia o la sabbia, contro cui la forza non vale.

Il nostro vicino, il signor Reginaudo, era in cucina che travasava un liquido con un imbuto. Io l'avevo chiamato da fuori e poi ero arrivato alla porta-finestra della cucina tutto trafelato. – Oh, il nostro vicino! – esclamò Reginaudo, – s'accomodi, signore, s'accomodi! Scusi me sempre qui con questi intrugli! Claudia, una sedia per il nostro vicino!

Io gli dissi subito: – Sono venuto, scusi il disturbo, ma sa, avevo visto che lei ha di quella polvere, noi tutta stanotte, le formiche...

– Ah, ah, ah! Le formiche! – scoppiò a ridere la signora Reginaudo entrando, e il marito, con un piccolo ritardo, mi sembrò, ma con foga più rumorosa, le fece eco: – Ah, ah, ah! Le formiche anche loro! Ah, ah, ah!

Mio malgrado atteggiai la bocca a un modesto sorriso, come fossi compreso della comicità della mia situazione, ma non potessi farci nulla: cosa che appunto corrispondeva alla verità, tanto da essere venuto a trovarlo per domandare aiuto.

– A chi lo dice, le formiche, caro vicino! – esclamava alzando le mani il signor Reginaudo.

– A chi lo dice mai, signor vicino, a chi lo dice! – faceva eco sua moglie giungendo le mani al petto, ma sempre, come il marito, ridendo.

– Perché, loro, mi sembrava, non ci avrebbero un rimedio? – chiesi, e il tremito della mia voce forse poteva esser preso per voglia di ridere, e non per la disperazione che mi sentivo venire addosso.

– Un rimedio, ah, ah, ah! – ridevano a più non posso i coniugi Reginaudo. – Se abbiamo un rimedio? Ma venti, cento rimedi, abbiamo! E uno, ah, ah, ah, uno meglio dell'altro!

M'avevano condotto in un'altra stanza, dove decine di barattoli di cartone e di latta dalle etichette sgargianti erano posati sui mobili.

– Vuole il Profosfàn? Vuole il Mirminèc? Oppure il Tiobroflit? l'Arsopàn in polvere o in miscela? – E si passavano di mano spruzzatori a stantuffo, pennelli, soffietti, alzavano nuvole di polveri giallastre e di goccioline minutissime, e un miscuglio d'odori da farmacia e da consorzio agrario, sempre ridendo sgangheratamente.

– E c'è qualcosa che serve davvero? – chiesi.

Smisero di ridere. – No, niente, – risposero.

Il signor Reginaudo mi batté una mano sulla spalla, la signora aperse le persiane ed entrò il sole. Poi mi condussero a fare il giro della loro casa.

Lui portava i calzoni del pigiama a righe rosa annodati sulla piccola pancia obesa, la canottiera, e il cappello di paglia sulla testa calva. Lei aveva una vestaglia stinta, che scopriva ogni tanto le spalline della sottoveste; i capelli, attorno al largo viso rosso, erano biondi, stopposi e arricciati senza cura. Erano rumorosi ed espansivi; ogni angolo della loro casa aveva una storia, e loro me la raccontavano, rubandosi le frasi l'un l'altro, e facendo i gesti, le esclamazioni, come ogni episodio fosse stato una gran farsa. In un punto avevano dato l'Arfanàx al due per mille e le formiche erano state lontane per due giorni ma al terzo erano tornate, e allora lui aveva concentrato la miscela al dieci per mille, ma le formiche invece di passare di lì facevano il giro dal cornicione; in un altro punto avevano isolato uno spigolo con la polvere di Crisotàn ma il vento la portava via e ce ne vollero tre chili al giorno; su uno scalino avevano provato il Petrocìd che sembrava le uccidesse sul colpo e invece le addormentava solamente; in un angolo avevano dato il Formikìll e le formiche continuavano a passare ma al mattino avevano trovato un topo avvelenato; in un punto dove lui aveva dato lo Zimofòsf, liquido che costituiva uno sbarramento sicuro, la moglie ci aveva messo sopra l'Italmàc in polvere che faceva da antidoto e ne aveva annullato l'effetto.

I nostri vicini usavano casa e giardino come un campo di battaglia, e la loro passione era tracciare linee oltre le quali le formiche non dovevano passare, e scoprire i nuovi giri che esse facevano, e provare nuovi intrugli e nuove polveri, ognuno collegato nel ricordo a episodi già capitati, a buffe combinazioni, cosicché bastava loro pronunciare un nome: «Arsepìt!

Mirxidòl!» per scoppiare a ridere, ammiccando e gettandosi frasi allusive. A uccidere le formiche pareva – se mai avevano tentato – che avessero ormai rinunciato, visto che i tentativi erano inutili: cercavano solo di sbarrar loro certi passaggi, di deviarle, di spaventarle o di tenerle a bada: era un labirinto sempre nuovo e tracciato con disegni di sostanze diverse che essi preparavano giorno per giorno, un gioco in cui le formiche erano un elemento necessario.

– Non c'è altro da fare con queste bestie, non c'è altro da fare, – dicevano, – a meno di fare come il capitano...

– Eh, certo, noi spendiamo molti quattrini, – dicevano, – in questi insetticidi... Quello del capitano, si capisce, è un sistema più economico...

– Naturalmente noi la formica argentina non possiamo ancora dire d'averla vinta, – dissero anche, – ma pure il capitano, lei crede che sia sulla strada buona? Ci ho i miei dubbi...

– Ma chi è, scusino, il capitano? – chiesi.

– Il capitano Brauni: non lo conosce? Ah, lei è qui solo da ieri! È il nostro vicino lì a destra, in quella villetta bianca... È un inventore... – e risero, – ha inventato un sistema per sterminare la formica argentina... Anzi, molti sistemi. E li perfeziona di continuo. Lo vada a trovare.

Pingui e sornioni, in quei pochi metri quadrati del loro giardinetto, tutto imbrattato di striature e schizzi d'oscuri liquidi, impolverato di farine verdognole, ingombro di innaffiatoi, solforatrici, vaschette di cemento dove si stemperavano preparati color indaco, e, nelle disordinate aiole, qualche rara pianta di rose ad alberetto ricoperta d'insetticidi dalla punta delle foglie alle radici, i coniugi Reginaudo alzavano gli occhi al cielo limpido, soddisfatti e divertiti. A parlare con loro, io m'ero, volere o no, un po' rinfrancato: in fondo, non che le formiche fossero una cosa da ridere come loro mostravano d'intendere, ma non potevano essere neppure una cosa tanto grave, una cosa da perdercisi d'animo.

«Eh, le formiche! – ora pensavo. – Ma che formiche? E che male ci fa un po' di formiche?»

Ora certo sarei andato da mia moglie e l'avrei presa un po' in giro: «Chissà cosa ti sei vista, tu, con queste formiche...»

Un discorso su questo tono mi preparavo in mente mentre ritornavo attraversando il nostro pezzo di terreno con le braccia ingombre di cartocci e barattoli datimi in prova dai vicini – scelti, secondo il mio desiderio, tra quelli che non contenevano sostanze nocive al bambino che metteva in bocca tutto. Ma quando vidi, fuori di casa, col bambino in collo, mia moglie cogli occhi vitrei e le fosse alle guance, e compresi la battaglia che doveva aver combattuto e la sua scoperta della quantità infinita di formiche che ci circondavano, e il suo essersi arresa, mi passò ogni voglia di sorridere e scherzare.

– Finalmente ritorni... – mi disse, e il tono blando mi colpì più dolorosamente ancora dell'accento adirato che mi sarei atteso. – Qui non sapevo più... tu vedessi... non sapevo proprio più...

– Ecco, ora proviamo con questo, – le dissi, – e con questo, e poi con questo... – e disponevo i miei barattoli su di un ripiano davanti alla casa, e subito cominciai a spiegarle come andavano usati, in fretta in fretta, quasi avessi paura di vedere accendersi nei suoi occhi troppa speranza perché non mi sentivo d'illuderla né di disilluderla. Adesso avevo un'altra idea in capo, volevo andare subito a cercare di quel capitano Brauni.

– Fa' come t'ho detto; torno subito.

– Vai via di nuovo? Dove vai?

– Da un altro vicino. Ha un sistema. Ora vedo.

E corsi via verso la rete metallica coperta d'un fitto rampicante, che cintava a destra il nostro terreno. Il sole era dietro una nuvola. M'affacciai alla rete e vidi la villetta bianca circondata da un piccolo, ordinato giardino, con vialetti di ghiaia grigia che giravano intorno a tonde aiole dal basso bordo di ferro battuto verniciato di verde come nei giardini pubblici, e in mezzo ad ogni aiola un nero alberetto di mandarino o di limone.

Tutto era silenzioso, ombroso e immobile. Stavo per allontanarmi incerto, quando vidi sporgersi da una ben potata siepe una testa coperta da un cappello da spiaggia di tela bianca, sformato, a tese tirate giù che finivano in un orlo ondulato, sopra di un paio d'occhiali montati in acciaio, un naso cartilaginoso e, sotto ancora, un sorriso tagliente, lampeggiante di denti falsi, pur essi d'acciaio. Era un uomo magro e asciutto, in pullover, con i calzoni stretti alla caviglia da molle di quelle per andare in bicicletta, e ai piedi sandali. S'avvicinò a osservare sul tronco d'uno degli alberi di mandarino, silenzioso e circospetto, senza smettere quel teso sorriso. Io affacciato dietro alla spalliera di rampicante dissi: – Buongiorno, capitano –. L'uomo alzò la testa di scatto, e non aveva più il sorriso, ma solo un freddo sguardo.

– Lei è il capitano Brauni, scusi? – io gli chiesi.

L'uomo accennò di sì. – Io, sa? sono il nuovo vicino, affitto la casetta Laureri... Volevo incomodarla un momento perché ho sentito dire del sistema...

Il capitano alzò un dito, fece segno che m'avvicinassi; io, con un salto dove la rete metallica era sfiancata, passai di là. Il capitano continuava a tener alto quel dito e con l'altra mano indicava il punto che stava osservando. Vidi che dall'albero sporgeva un corto fil di ferro perpendicolare al tronco. Il fil di ferro reggeva all'estremità un pezzo – mi pareva – di resca di pesce e a metà strada faceva una gobba ad angolo acuto verso il basso. Sul tronco e sul fil di ferro c'era un va e vieni di formiche. Sotto al vertice del fil di ferro era sospeso un vasetto come quelli dell'estratto di carne.

– Le formiche, – spiegò il capitano, – attirate dall'odore di pesce, percorrono il pezzo di fil di ferro; come vede, vanno benissimo avanti e indietro e non c'è caso che si scontrino. Ma c'è il passaggio a *V* che è pericoloso; quando una formica che va e una che torna s'incontrano sul vertice del *V*, si fermano, e allora l'odore del petrolio che è in questo vasetto le stordisce, fanno per continuare la loro strada ma s'investono, cadono, e muoiono nel petrolio. Tic, tic –. Questo «tic, tic» aveva accompagnato la caduta di due formiche. – Tic tic, tic tic, tic tic, – continuava a dire il capitano, con quel suo immobile sorriso d'acciaio, e ogni «tic» accompagnava la caduta d'una formica nel vasetto, dove su due dita di petrolio nereggiava un velo di corpi d'insetto informi ed aggrumati.

– Una media di quaranta formiche uccise al minuto, – disse il capitano Brauni, – duemilaquattrocento all'ora. Naturalmente bisogna tener pulito il petrolio, se no i morti lo coprono e quelli che cadono dopo possono salvarsi.

Io non sapevo staccare gli occhi da quell'esile, rado ma continuo stillicidio: molte formiche superavano il punto pericoloso e tornavano trascinando coi denti frammenti di resca, ma ce n'era sempre qualcuna che in quel punto si fermava, sbatteva le antenne e piombava giù. Il capitano Brauni, con lo sguardo fisso dietro le lenti, non perdeva il minimo movimento degli insetti, e ad ogni caduta aveva un piccolo irrefrenabile sussulto, e gli angoli tesi della sua bocca quasi senza labbra palpitavano. Spesso non riusciva a trattenersi dal metterci le mani, ora per correggere l'angolazione del fil di ferro, ora per scuotere il petrolio del vasetto e per disporre i grumi di formiche morte intorno alle pareti, ora addirittura per imprimere al congegno una piccola scossa che accelerasse la caduta delle vittime. Ma quest'ultimo gesto doveva sembrargli quasi un'infrazione alle regole, perché subito ritraeva la mano e mi guardava con l'aria di doversi giustificare.

– Questo è un modello più perfezionato, – disse, conducendomi a un altro albero, da cui sporgeva un fil di ferro munito, sul vertice a *V*, d'una setola annodata; le formiche credevano di salvarsi sulla setola, ma l'odore del petrolio e l'improvvisa esiguità del sostegno le confondevano al punto da farle precipitare senza scampo. L'espediente della setola o del crine di cavallo era applicato a molte altre trappole che il capitano mi mostrava: il grosso filo di ferro, a un certo punto finiva in un esile crine e le formiche, disorientate dal cambiamento, perdevano l'equilibrio; e perfino era stato architettato un trabocchetto in cui all'esca s'accedeva per un finto passaggio, costituito da un crine spezzato a metà, che sotto il peso della formica s'apriva e la lasciava cadere nel petrolio. In quel giardino silenzioso e ordinato, a ogni albero, a ogni tubatura, a ogni colonna di balaustra erano applicati con precisione metodica quei supporti di fil di ferro, con la loro scodellina di petrolio sotto; e le rose ad alberetto ben potate, le spalliere di rampicanti, sembravano soltanto un'attenta mascheratura di quella parata di supplizi.

– Aglaura! – gridò il capitano avvicinandosi alla porta di servizio, e a me disse: – Ora le farò vedere la caccia degli ultimi giorni.

Dalla porta uscì una donna secca e pallida, una spilungona con gli occhi spauriti e malevoli, e un fazzoletto in capo, annodato sopra la fronte. – Fa' vedere i sacchi al nostro vicino, – disse Brauni, e io intuii che doveva essere non una domestica, ma la moglie del capitano, e la salutai con un cenno del capo e un mormorio, ma lei non mi rispose. Rientrò e riuscì trascinando un sacco pesante per terra, con le braccia tutte tendini che dimostravano una forza superiore a quella che le avevo attribuito al primo sguardo. Dalla porta socchiusa si vedeva in casa un cumulo di sacchi simili a questo; la donna, sempre senza dir nulla, era scomparsa.

Il capitano allargò la bocca del sacco, e dentro sembrava ci fosse terriccio o concime chimico, ma lui ci ficcò il braccio e tirò su una manciata come di posa di caffè e la fece colare nell'altra mano; erano formiche morte, una soffice sabbia nero-rossiccia di formiche morte tutte raggomitolate, ridotte a granelli in cui non si distingueva più né il capo né le zampe.

Mandavano quell'odore acido, pungente. In casa ce n'erano quintali, una piramide di sacchi come questo, pieni.

– È formidabile... – dissi, – le sterminerete tutte, così...

– No, – disse tranquillamente il capitano, – uccidere le formiche operaie non serve a niente. Ci sono formicai dappertutto con formiche regine che ne fanno nascere milioni d'altre.

– E allora?

Mi accosciai accanto al sacco; lui era seduto sul gradino più in basso di me, e per parlarmi alzava il viso; l'informe tesa del cappello bianco gli copriva tutta la fronte e parte degli occhiali rotondi.

– Bisogna affamare le regine. Se si riduce al minimo il numero delle operaie che approvvigionano il formicaio, le regine resteranno senza cibo. E le dico che un giorno vedremo le regine uscire dal formicaio in piena estate, e trascinarsi a cercare il cibo con le proprie zampe... Sarà la fine per tutte, allora...

Chiuse con furia la bocca del sacco e s'alzò. Anch'io mi alzai.

– Invece, c'è chi crede di risolvere qualcosa, facendole scappare, – e lanciò un'occhiata verso il villino dei Reginaudo scoprendo i denti d'acciaio in un riso di scherno, – ... e c'è chi preferisce ingrassarle... È un sistema anche quello, no?

Io non avevo capito la seconda allusione.

– Chi? – chiesi. – Perché le vogliono ingrassare?

– Non è venuto da lei l'uomo della formica?

Di che uomo parlava? – Non so, – dissi, – non credo...

– Verrà anche da lei, stia tranquillo. Passa al giovedì, di solito, quindi se non è venuto stamattina, verrà nel pomeriggio. A dare il ricostituente alle formiche, ah, ah!

Sorrisi per compiacerlo, ma non mi sentivo più di seguire nuove piste. Proprio perché ero venuto da lui apposta, dissi: – Certo un sistema migliore del suo è impossibile... Lei crede che anche a casa mia potrei provare?...

– Deve dirmi quale modello preferisce, – fece Brauni e mi ricondusse per il giardino a mostrarmi altre sue invenzioni che non conoscevo ancora. Io non riuscivo ad abituarmi al pensiero che per compiere un'operazione così semplice come schiacciare una formica si dovesse impegnare tanta arte e costanza, ma capivo che l'importante era farlo con metodo, incessantemente, ed allora mi sentivo scoraggiato, perché mi pareva che nessuno avrebbe potuto eguagliare il terribile accanimento di questo nostro vicino.

– Forse per noi andrebbe meglio qualcuno dei modelli più semplici, – dissi, e Brauni emise uno sbuffo dal naso, non so se d'approvazione o di compatimento per la modestia delle mie ambizioni.

– Ci penserò un po' su, – disse, – le farò qualche schizzo.

Così non mi restava che ringraziarlo e congedarmi. Risaltai la siepe; non mi pareva vero di non sentirmi più crocchiare quel ghiaino sotto i piedi; casa mia, pur infestata com'era, la sentivo per la prima volta casa mia davvero, un posto dove si torna dicendo: finalmente.

A casa c'era il bambino che aveva mangiato gli insetticidi e mia moglie disperata.

– Non aver paura, non sono velenosi! – le dissi subito.

Velenosi no, ma buoni da mangiare non erano neppure: nostro figlio gridava dal dolore. Bisognò farlo vomitare; vomitò in cucina che si riempì di nuovo di formiche, e mia moglie aveva appena fatto pulizia. Pulimmo in terra, calmammo il bambino, lo mettemmo a dormire nella cesta isolandola bene tutt'intorno con strisce di polvere insettifuga, e coprendola con una zanzariera legata intorno, perché svegliandosi non s'alzasse a mangiare altra robaccia.

Mia moglie aveva fatto la spesa, ma non era riuscita a salvare la sporta dalle formiche, e così bisognò prima lavare ogni cosa, anche le sardine sott'olio, il formaggio, e staccare una a una le formiche appiccicate. Io l'aiutai, spaccai la legna, misi a posto la cucina economica, il tiraggio del camino, e lei puliva la verdura. Ma non c'era verso di star fermi in un posto; ogni minuto o lei o io saltavamo su, e – Ahi che mi punge! – dovevamo grattarci e sformicarci o mettere le braccia e le gambe sotto il rubinetto. Non sapevamo dove apparecchiare: in casa avremmo attirato altre formiche, fuori ci saremmo subito riempiti noi addosso. Mangiammo in piedi, muovendoci, e tutto sapeva ancora di formica, un po' per quelle rimaste nei cibi, un po' perché avevamo le mani impregnate di quell'odore.

Dopo mangiato girai per il terreno, fumando una sigaretta. Dalla parte dei Reginaudo veniva un tintinnio di posate: m'affacciai e li vidi ancora a tavola, sotto un ombrellone, lustri e calmi, con tovaglioli a quadri annodati intorno al collo, che gustavano un budino di crema e bicchierini d'un vinetto chiaro. Diedi il buon appetito e m'invitarono a gradire. Ma io vedevo intorno al desco i sacchi ed i bidoni degli insettifughi, e ogni cosa ricoperta da veli di ciprie gialle o biancastre e striature bituminose, e alle narici m'arrivavano solo quegli odori di sostanze chimiche. Dissi che ringraziavo ma che non mi tornava più appetito, ed era vero. La radio dei Reginaudo suonava, tenuta bassa, e loro canticchiavano in falsetto fingendo di farsi un brindisi.

Dalla scaletta dov'ero salito per salutarli, vedevo anche un pezzo del giardino di Brauni; il capitano doveva aver già finito di mangiare: usciva di casa col piattino e la tazza del caffè, sorseggiando, e gettava intorno occhiate; certo per vedere se tutti i suoi tormenti erano in azione e l'agonia delle formiche continuava con la regolarità consueta. Sospesa tra due alberi vidi un'amaca bianca e compresi che doveva esservi sdraiata quell'ossuta e sgradevole signora Aglaura, ma se ne vedeva solo un polso e la mano che agitava un ventaglio a stecche. Le corde dell'amaca erano sospese ad un sistema di strani anelli, che dovevano certo costituire in qualche modo una difesa dalle formiche; o forse l'amaca non era altro che una nuova trappola per formiche, con la moglie del capitano messa lì per esca.

Non volli parlare coi Reginaudo della mia visita al villino Brauni, perché già sapevo che l'avrebbero commentata con la sufficienza ironica ch'era solita ai nostri vicini nei reciproci confronti. Volsi lo sguardo al giardino della signora Mauro, alto sopra di noi, e alla sua villa là in cima, sormontata dal girevole gallo marcavento. – Chissà se anche la signora Mauro avrà formiche lassù... – dissi.

Si vede che i signori Reginaudo durante i pasti avevano un'allegria più sommessa, fatta di risatine chete chete, perché si limitarono a dire: – Eh, eh, eh...

ne avrà anche lei... Eh, eh, eh... ne avrà anche lei... Ne avrà sì, ne avrà bene...

Mia moglie mi chiamò a casa, perché voleva mettere il materasso sul tavolo e sdraiarsi a dormire un poco. Col pagliericcio per terra come eravamo, non si poteva impedire alle formiche di salirci, invece al tavolo bastava isolare i quattro piedi e per un po' le formiche non sarebbero venute. Lei si mise a riposare, io uscii, con l'idea di cercare certe persone che forse sapevano dirmi d'un lavoro, ma in realtà perché avevo voglia di muovermi e di cambiare corso ai miei pensieri.

Ma per strada, già i posti mi sembravano diversi da ieri: in ogni orto, in ogni casa indovinavo le file di formiche che salivano sui muri, che coprivano gli alberi da frutto, che muovevano le antenne verso ogni cosa zuccherosa o grassa; e il mio occhio ormai sull'avviso scopriva subito le masserizie messe fuor di casa a sbattere perché le formiche le avevano invase, e il soffietto dell'insettifugo in mano a una vecchia, e il piattino di veleno, e, aguzzando gli occhi, la fila che camminava, imperturbabile, lungo il cornicione.

Pure, questo restava il paese ideale dello zio Augusto: cosa potevano fargli le formiche, a lui? Scaricava sacchi ora per un padrone ora per l'altro, mangiava sulle panche delle osterie, girava alla sera dove c'era allegria e fisarmoniche, dormiva dove capita, dove c'era fresco e morbido.

Andando, provavo a pensare d'essere zio Augusto, a muovermi come si sarebbe mosso lui, in un pomeriggio così, per queste strade. Certo, essere come zio Augusto voleva dire prima di tutto esserlo di fisico: cioè basso e tracagnotto, con braccia un po' da scimmia che s'aprivano in gesti sempre sproporzionati e restavano a mezz'aria, gambe corte che sbagliavano il passo per voltarsi a guardare una donna, e una vocetta che, quando s'eccitava parlando, attaccava a ripetere furiosamente l'interiezione sporca del dialetto di qui, stonandola col suo accento d'altra regione. In lui corpo e animo erano tutt'uno; e avrei voluto vedermici, colla mia pesantezza e i miei pensieri per il capo, a fare le mosse e le uscite di zio Augusto. Ma potevo sempre fingermi lui mentalmente: esclamare dentro di me: «Di': la dormita che vado a schiacciarmi in quel fienile! Di': la panciata di sanguinacci e vinetta che vado a farmi all'osteria!»; ai gatti che vedevo, immaginarmi di fargli una finta carezza e poi gridargli: «Auuh!» per farli scappare spaventati; e alle serve: «Eh, eh, vuole che ci venga a aiutarla, signorina?» Ma non era un bel gioco: più mi rendevo conto di com'era facile per zio Augusto vivere qui, più m'accorgevo che lui era un tipo diverso, e non avrebbe mai sopportato i miei pensieri: una casa da metter su, un lavoro continuato da trovare, un bambino mezzo malato, e una moglie che non ride, e il letto e la cucina pieni di formiche.

Entrai in quell'osteria dov'eravamo di già stati, e chiesi alla donna dalla camicetta bianca se non erano venuti quegli uomini con cui avevo parlato ieri. Faceva ombra e fresco; forse non era un posto da formiche, quello; mi sedetti ad attendere quei tali, come mi consigliò lei, e le chiesi, facendo lo spigliato: – Ma non ne avete voi qui, formiche?

Lei passava uno strofinaccio sul banco: – Qui si va e si viene, nessuno se n'è mai accorto.

– Ma lei che vive sempre qui?

Alzò le spalle: – Grossa come sono, devo aver paura delle formiche?

A me quest'aria di nascondere le formiche come fossero una vergogna m'irritava sempre di più, e insistetti: – Ma non ne mette, di veleno?

– Il veleno migliore per la formica, – disse uno seduto a un altro tavolo, che, m'accorsi, era uno di quegli amici di zio Augusto con cui avevo parlato la sera prima, – è questo qui, – e alzò il bicchiere e lo bevve d'un fiato.

Vennero anche gli altri e vollero che bevessi con loro visto che indicazioni di lavoro non avevano saputo trovarmene. Si capitò a parlare ancora di zio Augusto e uno domandò: – E cosa fa laggiù, la gran lingera? – «Lingera» è una parola di qui per dire vagabondo e scampaforche, e tutti mostrarono d'approvare molto quella definizione e di tenere mio zio in gran conto appunto come «lingera». Io ero un po' confuso di questa fama attribuita a un uomo che sapevo in fondo riguardoso e modesto, pur nel suo modo di vita scombinato. Ma forse questo faceva parte dell'atteggiamento di vanteria, d'esagerazione, comune a questa gente, e mi venne un'idea confusa che ciò si collegasse alle formiche, che fingersi intorno tutto un mondo movimentato e avventuroso fosse una maniera d'isolarsi dai fastidi più minuti. L'ostacolo per me a entrare in quella mentalità, – pensavo ritornando a casa, – era mia moglie, sempre nemica delle cose fantastiche. E pensavo pure a quanto essa avesse inciso nella mia vita, così che ormai io non riuscivo più a ubriacarmi di parole e pensieri, perché mi veniva subito in mente il suo viso, il suo sguardo, la sua presenza, che pure m'era cara e necessaria.

Mi venne incontro fuori dell'uscio, mia moglie, con l'aria un po' allarmata, e disse: – Senti, c'è un geometra.

Io che avevo nell'orecchio ancora il piglio di superiorità di quei gradassi in osteria, dissi quasi senza dare ascolto: – Eh, un geometra, adesso, per un geometra...

E lei: – C'è venuto un geometra in casa, a prendere misure...

Io non capivo e entrai. – Oh, ma che dici? È il capitano!

Era il capitano Brauni che con un giallo metro snodabile pigliava misure per impiantare in casa nostra le sue trappole. Gli presentai mia moglie e lo ringraziai per la premura.

– Volevo dare un'occhiata alle possibilità dell'ambiente, – disse. – Tutto va fatto con criteri matematici, – e misurò anche la cesta dove dormiva il bambino, e lo svegliò. Il piccolo si spaventò del metro giallo spianato sopra di lui e cominciò a piangere. Mia moglie si mise a riaddormentarlo. Il pianto del bambino innervosiva il capitano, sebbene io cercassi di distrarlo. Per fortuna si sentì chiamare da sua moglie e uscì. La signora Aglaura, affacciata alla siepe, gli faceva cenno con le sue braccia magre e bianche, e gridava: – Vieni! Sì, vieni! C'è gente! Sì, c'è l'uomo della formica!

Brauni mi rivolse un'occhiata e un sorriso a labbra strette pieno d'intenzione, e si scusò di dover subito ritornare a casa. – Ora verrà anche da lei, – disse, indicando verso il punto dove quel misterioso «uomo della formica» doveva trovarsi, – ora vedrà... – e andò via.

Io non volevo trovarmi davanti a quest'uomo della formica senza sapere bene chi fosse e cosa venisse a fare. Mi diressi alla scaletta che dava sul terreno dei Reginaudo; il vicino stava rincasando proprio allora; portava un abito bianco e la paglietta, ed era carico di sacchetti e di barattoli. Gli chiesi: – Senta: l'uomo della formica, da loro, è già passato?

– Non so, – disse Reginaudo, – vengo ora da fuori, ma credo di sì perché vedo la melassa dappertutto. Claudia!

La moglie s'affacciò e disse: – Sì, sì, passerà anche dalla casetta Laureri, ma non speri che serva a qualcosa, sa!

Figuriamoci se speravo qualcosa, io. Chiesi: – Ma, quest'uomo, chi lo manda?

– E chi vuole che lo mandi? – disse Reginaudo. – È l'uomo dell'Ente per la lotta contro la formica argentina, l'impiegato che viene a mettere la melassa in tutti i giardini nelle case. Quei piattini lì, vede?

E la moglie: – Melassa avvelenata... – e fece un risolino come se la sapesse lunga.

– E le ammazza? – Queste mie domande erano un gioco estenuante; già lo sapevo: ogni tanto pareva che tutto fosse lì lì per risolversi, e poi ricominciavano le complicazioni.

Il signor Reginaudo scosse il capo come se avessi detto una cosa sconveniente. – Ma no... Veleno a dosi minime, si capisce... Melassa zuccherata di cui le formiche sono ghiotte. Le operaie devono tornare al formicaio, nutrire con queste piccolissime dosi di veleno le regine, che in questo modo, prima o poi, devono morire avvelenate.

Non volli domandare se, prima o poi, morissero davvero. Capivo che il signor Reginaudo m'informava di questo procedimento col tono di chi, personalmente, sostiene un concetto diverso, ma sente il dovere di riferire obiettivamente e con rispetto l'opinione ufficiale dell'autorità. Sua moglie invece, con l'intolleranza propria delle donne, non si peritava di manifestare la sua avversione per il sistema della melassa, e sottolineava il discorso del marito con risatine maligne, con battute ironiche: atteggiamento che a lui doveva in qualche modo apparire fuori luogo o troppo azzardato, perché cercava di darle sulla voce e ad ogni modo d'attenuare quest'impressione di disfattismo, non proprio contraddicendola completamente – forse perché in privato anche lui s'esprimeva così, e anche peggio –, ma cercando di darle piccoli esempi d'equanimità, come: – Be', ora tu esageri, Claudia... Certo molto efficace non è, ma può servire... Poi, lo fanno gratuitamente... Bisogna aspettare qualche anno prima di giudicare...

– Qualche anno? Sarà vent'anni che mettono quella roba lì, e ogni anno le formiche si moltiplicano.

Il signor Reginaudo, anziché smentirla, preferì spostare il discorso su altre benemerenze dell'Ente: e m'illustrò il sistema delle cassette di letame, che gli uomini della formica mettevano nei giardini perché le regine andassero a farci le uova, e poi passavano a ritirare per bruciarle. Io capii che il tono del signor Reginaudo era quello adatto per spiegare la cosa anche a mia moglie, sospettosa e pessimista per natura, e, tornato a casa, le rifeci il discorso del vicino, guardandomi dal vantare il sistema come miracoloso o comunque rapido, ma anche astenendomi dagli ironici commenti della signora Claudia. Mia moglie è una di quelle donne che, per esempio in treno, credono che gli orari, la distribuzione dei vagoni, le richieste dei controllori, siano tutte cose insensate e malfatte senza alcuna giustificazione possibile, ma pure le accettano con rancore remissivo; così giudicò assurda e derisoria complicazione questa storia della melassa – né io seppi contraddirla –, ma si preparò a ricevere la visita dell'uomo della formica – il quale, avevo saputo, si chiamava signor Baudino, – senza frastornarlo con proteste o inutili richieste d'aiuto.

L'uomo entrò nel nostro terreno senza chiedere permesso e ce lo vedemmo davanti mentre parlavamo ancora di lui, il che provocò uno spiacevole imbarazzo. Era un ometto sulla cinquantina, in un abito nero liso e stinto, con una faccia un po' da ubriacone, i capelli ancora scuri pettinati con una scriminatura infantile. Le palpebre semichiuse, il sorriso lievemente untuoso, una pigmentazione rossiccia intorno agli occhi e alle pinne del naso preannunciavano l'intonazione di voce chioccia, un po' da prete, con una forte cadenza dialettale. Un movimento nervoso gli faceva pulsare le rughe agli angoli della bocca e del naso.

Se descrivo il signor Baudino con tanti particolari, è per cercar di definire la strana impressione che ci fece; anzi, nient'affatto strana: perché ci sembrò che tra mille persone avremmo indovinato che l'uomo della formica era proprio lui. Aveva mani grosse e pelose: in una reggeva una specie di caffettiera e nell'altra una fila di piattini di terracotta. Ci disse della melassa che aveva da mettere, e la sua voce tradiva un'infingarda indifferenza impiegatizia: il modo stesso, molle e strascicato, di pronunziare la parola «melassa» bastava a dirci con quanta incallita sfiducia e con quanto disprezzo per le nostre angustie quest'uomo adempiesse al suo compito. Di fronte a lui m'accorsi che era mia moglie a dare esempio di calma, mostrandogli i punti di maggior passaggio delle formiche. Infatti, a vederlo muoversi con tanta esitazione, per ripetere quei pochi gesti di riempire a uno a uno i piattini versando melassa dalla caffettiera e di posarli senza rovesciarli, a me già scappava la pazienza. Così osservandolo mi venne in mente la ragione dell'impressione strana che m'aveva fatto a prima vista: assomigliava a una formica. Non so dire bene perché, ma ci assomigliava di certo: forse per il colore nero opaco della sua persona, forse per le proporzioni di quel suo corpiciattolo, oppure per il tremito agli angoli della bocca che corrispondeva al continuo vibrare d'antenne e zampine degli insetti. C'era però una caratteristica delle formiche che lui non aveva affatto, ed era la fretta affaccendata che sempre tiene in moto quelle; il signor Baudino si muoveva con lentezza e goffaggine, ed ora con un pennellino intinto di melassa ci imbrattava scioccamente la casa.

Mentre seguivo con crescente fastidio i movimenti di quell'uomo, m'accorsi che mia moglie non era con me; la cercai con lo sguardo e la vidi in un angolo del terreno, dove la siepe del villino Reginaudo si congiungeva con quella del villino Brauni; affacciate alle rispettive siepi, la signora Claudia e la signora Aglaura stavano confabulando, e mia moglie, in mezzo, le stava a sentire. M'avvicinai a loro, dato che il signor

Baudino ora s'occupava dell'intercapedine dietro la casa, dove poteva imbrattare quanto voleva senza bisogno d'esser sorvegliato, e sentii la signora Brauni che predicava, accompagnandosi con secchi gesti angolosi:

– Il ricostituente, viene a dare alle formiche, quello lì: il ricostituente, altro che il veleno! – E la signora Reginaudo di rincalzo, in un tono un po' mellifluo: – Il giorno che non ci fossero più formiche i funzionari dell'Ente dove andrebbero? Quindi, cosa vuole che facciano, signora mia?

– Le ingrassano, ecco quello che fanno! – concluse con ira la signora Aglaura.

Mia moglie – poiché i discorsi d'entrambe le vicine erano rivolti a lei – stava a sentire zitta, ma il modo che aveva di tener dilatate le narici e ripiegate le labbra mi diceva che la rabbia, la sofferenza per l'inganno che doveva subire la stavano già divorando. E anch'io, debbo dire, ero molto vicino a credere che quelli non fossero soltanto pettegolezzi di donne.

– E le cassette di letame per le uova? – continuava la Reginaudo. – Le ritirano, ma crede che le brucino? Macché!

Si sentì: – Claudia! Claudia! – la voce del marito, che certo quelle intemperanze della moglie facevano stare sulle spine. La signora Reginaudo ci lasciò con un – Scusatemi, – in cui vibrava una nota di disprezzo per il conformismo del consorte, e dalla parte opposta mi parve echeggiasse una specie di risata sardonica, e vidi per i vialetti bene inghiaiati il capitano Brauni che andava correggendo l'inclinazione delle trappole. Ai suoi piedi uno dei piattini di terracotta appena riempiti dal signor Baudino era rovesciato e spezzato, certo da una pedata, chissà se distratta o volontaria.

Non so quale attacco contro l'uomo della formica mia moglie covasse dentro di sé, mentre tornavamo verso casa; è probabile però che ora non avrei fatto nulla per trattenerla, anzi l'avrei, se era il caso, spalleggiata. Ma, data un'occhiata intorno a casa e dentro, ci accorgemmo che il signor Baudino era sparito; già c'era sembrato, venendo, d'aver sentito cigolare e chiudersi il nostro cancelletto. Doveva essere uscito proprio allora, senza salutare, lasciandosi dietro quelle tracce di melassa appiccicosa e rossiccia che spandevano uno sgradevole odorino dolciastro, completamente diverso da quello delle formiche ma, non saprei dir come, imparentato con esso.

Poiché nostro figlio dormiva, pensammo che era il momento adatto per salire a casa della signora Mauro. Dovevamo andare a trovarla per chiedere le chiavi d'un certo ripostiglio e un po' anche per visita di dovere. Ma i veri motivi che ci facevano affrettare la visita erano l'intenzione di farle sentire le nostre rimostranze per averci affittato un'abitazione invasa dalle formiche senza premunirci in alcun modo, e – soprattutto – la curiosità di vedere come la nostra padrona di casa si difendesse da quel flagello.

La villa della signora Mauro aveva un giardino piuttosto grande, in salita, con alte palme dalle ingiallite foglie a ventaglio. Un viale a tornanti portava verso un edificio tutto verande a vetri e abbaini, e in cima al tetto un gallo marcavento rugginoso girava a fatica stridendo sul suo perno, in ritardo rispetto alle foglie delle palme, gementi e fruscianti a ogni levata d'aria.

Mia moglie ed io salivamo per questo viale e giù

dalle balaustre vedevamo la casetta dove abitavamo, ancora così poco a noi familiare, e la sterpaglia del terreno incolto, e il giardinetto dei Reginaudo simile al cortile d'un magazzino, e il giardinetto dei Brauni con la sua compostezza quasi cimiteriale, ed ecco ora potevamo dimenticarci che erano luoghi neri di formiche, ecco ora potevamo vederli come sarebbero stati senza quell'assillo al quale non ci si poteva sottrarre neppure per un attimo, ecco ora a quella distanza potevano anche sembrare un paradiso – e però più dall'alto li guardavamo più ci prendeva un senso di pietà per la nostra vita laggiù, come se a vivere in quel meschino, gracile orizzonte non si potesse che continuare a batterci contro problemi gracili e meschini.

La signora Mauro era anziana, magra e alta; ci ricevette in una stanza in ombra, seduta su una sedia dall'alto schienale, accanto a un tavolino apribile con oggetti da cucito e il necessario per scrivere. Vestiva di nero, tranne un bianco colletto maschile; era lievemente incipriata sul viso magro, e severamente pettinata. Ci porse subito la chiave che già il giorno prima aveva promesso di darci, ma non ci chiese se c'eravamo trovati bene nella casa, e questo – ci sembrò – era segno che già s'aspettava la nostra lamentela.

– Ma le formiche che ci sono laggiù, signora... – disse mia moglie con un tono che stavolta avrei voluto meno umile e rassegnato. Sebbene fosse una donna dura e spesso aggressiva, mia moglie certe volte si lasciava prendere dalla timidezza, e a vederla in quei momenti mi si comunicava il disagio.

Venendole di rinforzo e calcando un accento risentito io dissi: – Lei ci ha affittato una casa, signora, che se avessimo saputo di tutte queste formiche, le dico francamente, – e troncai lì, pensando d'esser stato chiaro abbastanza.

La signora neppure alzò lo sguardo. – La casa era disabitata da molto tempo, – disse. – È comprensibile che ci sia un po' di formica argentina, ce n'è dappertutto... dove non si fa bene pulizia. Lei, – disse a me, – m'ha tenuta in sospeso quattro mesi prima di darmi una risposta. Se ci fosse andato a stare subito, adesso non avrebbe formiche.

Noi guardavamo la stanza quasi buia per i tendaggi e le persiane socchiuse, le alte pareti ricoperte d'antica tappezzeria, gli oscuri mobili intagliati sopra i quali caraffe e teiere d'argento mandavano brevi lampeggi, e ci sembrava che quel buio, quei pesanti arredi servissero a nascondere la presenza di fiumi di formiche che certo percorrevano la vecchia casa dalle fondamenta al tetto.

– Perché lei, qui, – disse mia moglie con un timbro insinuante, quasi ironico, – non ne ha, di formiche?

La signora Mauro contrasse le labbra: – No, – disse, recisa. E poi, come avvedendosi che poteva non essere creduta, spiegò: – Qui teniamo tutto come uno specchio. Appena qualche formica entra dal giardino, ce ne accorgiamo e corriamo ai ripari.

– Come? – chiedemmo subito a una voce io e mia moglie, e non provavamo altro che speranza e curiosità, adesso.

– Così, – fece la signora stringendosi nelle spalle, – le cacciamo via, via con la scopa –. In quel momento la sua espressione di studiata impassibilità fu percorsa come dalla tensione d'un dolore fisico, e vedemmo che, nello star seduta, spostava vivamente il suo peso da una parte, arcuandosi alla vita. Se non fosse stato in contrasto con le affermazioni che le stavano uscendo di bocca, avrei giurato che una formica argentina, passatale sotto i vestiti, l'aveva pizzicata; una oppure alcune, che le passeggiassero per la persona causandole prurito, perché malgrado si sforzasse di non muoversi dalla sedia appariva chiaro che non le riusciva di stare calma e composta come prima, ma stava tutta tesa, mentre nel viso le si disegnava una traccia di sofferenza sempre più acuta.

– Ma noi abbiamo davanti quel terreno che è nero, di formiche, – dissi in fretta, – e per pulita che potremo tenere la casa, dal terreno ne verranno sempre dentro a migliaia...

– Si capisce, – disse la signora, e la sua mano sottile si serrava al bracciolo, – si capisce, il terreno è incolto, e sono i posti incolti che fanno crescere formiche a milioni. I miei progetti erano di farle mettere a posto quel terreno già da quattro mesi fa. Lei m'ha fatto aspettare, ed ora ne ha un danno; e non solo lei, ma ne hanno un danno tutti, perché le formiche si propagano...

– Si stanno propagando anche qui da lei? – chiese mia moglie quasi sorridente.

– Qui no! – fece pallida la signora Mauro, e sempre tenendo la destra ferma al bracciolo, con un piccolo movimento rotatorio della spalla prese a strisciare il gomito contro il fianco. A me veniva l'idea che l'ombra, gli ornamenti, l'ampiezza delle stanze e l'orgoglio dell'animo fossero le difese che quella donna aveva contro le formiche, le ragioni per cui di fronte ad esse era più forte di noi; ma che tutto quello che vedevamo intorno, a cominciare dalla sua persona lì seduta, fosse ròso da formiche più spietate ancora delle nostre; quasi una sorta di termiti africane che distruggevano ogni cosa lasciandone gli involucri, e che di quella casa restasse solo la tappezzeria stinta, il panno quasi polverizzato delle tende, tutto sul punto di crollare in briciole davanti ai nostri occhi.

– Noi venivamo proprio a chiederle se poteva darci qualche consiglio per liberarci da questa piaga... – disse mia moglie che aveva ripreso una completa scioltezza di contegno.

– Tener bene la casa e lavorare la terra. Non c'è altro rimedio. Il lavoro: solo il lavoro, – e s'alzò in piedi, e la decisione di congedarci si sommò ad uno scatto istintivo della sua persona che non poteva più star ferma. Si ricompose, e sul suo viso pallido passò come un'ombra di sollievo.

Scendevamo per il giardino, e mia moglie disse: – Speriamo solo che non si sia svegliato –. Anch'io stavo pensando al bambino. Sentimmo che piangeva prim'ancora d'essere a casa. Corremmo, lo prendemmo in braccio, cercammo di calmarlo, ma continuava a piangere alto, strillato. Gli era entrata una formica in un orecchio: ci mettemmo un po', prima di capirlo, perché piangeva disperato e non ci dava nessun appiglio. Già mia moglie l'aveva subito detto: – Devono esser state le formiche! – ma io non capivo perché continuasse a piangere così, mentre formiche addosso non glie ne trovavamo né segni di morsi o irritazioni, e l'avevamo spogliato e ben guardato da tutte le parti. Però ne trovai qualcuna nella cesta; e dire che mi pareva d'averla isolata bene; ma non avevamo badato alle pennellate di melassa dell'uomo-formica: ecco che una delle goffe strisce tracciate dal signor Baudino sembrava fatta apposta per attirare quelle bestie su dal pavimento fino al giaciglio del bambino.

Tra il pianto del bambino e le grida di mia moglie ci attirammo in casa le donne del vicinato: la Reginaudo che ci fu davvero preziosa e assai gentile, la Brauni che, bisogna dirlo, fece anche lei quel che poté per aiutarci, e altre donnette mai viste prima. Tutte s'affannavano a dar consigli: versargli olio tiepido nell'orecchio, fargli tenere la bocca aperta, fargli soffiare il naso, e non so che altro ancora. Gridavano e finivano per darci più impiccio che aiuto, per quanto sul momento fossero state di conforto; e questo loro affaccendarsi intorno al nostro bambino serviva soprattutto ad eccitare l'astio generale contro l'uomo della formica. Mia moglie aveva gridato ai quattro venti incolpando lui, Baudino; e le vicine erano concordi nel dire che quell'uomo si meritava il fatto suo, una buona volta, e che era lui a far di tutto perché la formica crescesse bene, per non perdere l'impiego, e che era capacissimo d'averlo fatto apposta, perché ormai si sapeva che stava sempre dalla parte della formica, non da quella dei cristiani. Esagerazioni, si capisce, ma in quell'agitazione, col bambino che piangeva, mi ci unii anch'io e se avessi avuto tra le mani proprio allora il signor Baudino, non so neppure dire cosa gli avrei fatto.

La formichina uscì con l'olio tiepido; il bambino, mezzo stordito dal piangere, prese un suo giocattolo di celluloide e lo agitò e succhiò deciso a dimenticarci. Io avevo lo stesso bisogno suo: stare per conto mio e distendere i nervi, ma tra le donne continuava la diatriba contro Baudino, e dicevano a mia moglie che lui probabilmente si trovava in un recinto lì vicino dove aveva il suo ripostiglio, e mia moglie: – Ah, io ci vado, ci vado sì, a dargli quel che si merita.

Allora si formò un piccolo corteo, con mia moglie in testa, io naturalmente vicino a lei, pur senza pronunciarmi sull'utilità dell'impresa, altre donne che incitavano mia moglie seguendola e talora sopravanzandola per mostrarle la strada. La signora Claudia s'offerse di tenerci il bambino e ci salutò al cancello; mi accorsi dopo che con noi non c'era neanche la signora Aglaura, che pure s'era dimostrata una delle più accese nemiche di Baudino, ma eravamo accompagnati da un piccolo gruppo di donnette sconosciute. Procedevamo adesso per una specie di stradacortile, fiancheggiata da casupole di legno, pollai e ortaglie mezzo ingombre di spazzatura. Qualcuna delle donnette dopo aver tanto detto, giunta a casa sua si fermava sulla soglia, ci indicava con gran calore dove dovevamo andare, e si ritirava in casa richiamando gli sporchi bambini che giocavano per terra, o andava a dar da mangiare alle galline. Solo un paio di donne ci seguirono ancora fino al recinto di quel Baudino, ma quando, dopo i colpi bussati da mia moglie, s'aprì un uscio, ci trovammo a entrare io e lei soli, sebbene ci sentissimo seguiti dagli sguardi di quelle donnette alle finestre o nei pollai, o che passavano lì fuori scopando, e pareva continuassero a incitarci ma a voce bassissima, e senz'affatto esporsi.

L'uomo della formica era in mezzo al suo ripostiglio, una baracca andata distrutta per tre quarti, a una cui superstite parete di legno era attaccato un manifesto ingiallito con la scritta cubitale: ENTE PER LA LOTTA CONTRO LA FORMICA ARGENTINA, e intorno erano pile di quei piattini per mettere la melassa, e cassette e barattoli d'ogni genere, tutto in una specie d'immondezzaio, colmo di cartocci con lische di pesce e altri rifiuti, talché veniva subito l'idea che quella fosse la gran sorgente di tutte le formiche della zona. Il signor Baudino era di fronte a noi con un irritante mezzo sorriso interrogativo che mostrava i vuoti della sua dentatura.

– Lei! – l'aggredì mia moglie riprendendosi dopo un attimo d'esitazione, – lei dovrebbe vergognarsi! Perché ci viene in casa e sporca dappertutto e al bambino la formica nell'orecchio ce l'ha fatta entrare lei con la sua melassa.

Gli aveva avanzato le mani sotto il viso, e il signor Baudino senza smettere quel guasto sorriso faceva dei movimenti da animale selvatico per tenersi aperta una via d'uscita, e intanto alzava le spalle e dava occhiate e ammicchi intorno – rivolto a me, perché nessun altro era in vista – come a dire: «È scema», ma la sua voce proferiva solo generiche e molli smentite come: – No... no... Macché.

– Perché lo dicono tutti che è lei che dà il ricostituente alle formiche invece d'avvelenarle! – gridava mia moglie, e lui sgusciò dalla porticina in quella strada-cortile, e mia moglie gli teneva dietro ingiuriandolo. Ora le scrollate di spalle e le strizzatine d'occhio del signor Baudino si rivolgevano alle donne delle casupole intorno, e mi pareva che esse stessero facendo una specie d'impalpabile doppio gioco, accettando di esser prese per testimonio da lui che mia moglie diceva sciocchezze, e quando invece era mia moglie a rivolgere loro lo sguardo incitandola con piccoli accaniti cenni del capo e movimenti delle scope a dar addosso all'uomo della formica. Io non intervenivo, e cosa avrei potuto fare? Non certo inveire anch'io e mettere le mani addosso a quell'ometto sfuggente, ché già l'ira di mia moglie era abbastanza accesa contro di lui; e neppure mi pareva il caso di moderarla, perché non volevo prendere le difese di Baudino. Finché mia moglie in un reiterato attacco d'ira, gridando: – Lei ha fatto del male al mio bambino! – gli s'afferrò al colletto, scuotendolo nei suoi panni. Io stavo per buttarmi a separarli ma lui non la toccò, girò su se stesso con mosse sempre più formichesche, finché riuscì a sfuggirle, s'allontanò un poco con qualche goffo passo di corsa e poi si ricompose e andò via, sempre scrollando le spalle e mormorando frasi come: – Ma che cose... Ma chi è... – e facendo il gesto per dire: «È scema», sempre rivolto al pubblico delle casupole. Dal quale pubblico, nel momento in cui mia moglie s'era lanciata su di lui, s'era levato un brusio forte ma indistinto, che s'era taciuto appena l'uomo s'era liberato e ora si ricomponeva in frasi che gli venivano lanciate dietro, frasi non tanto di protesta e di minaccia quanto di lamentela e quasi di richiesta di compatimento, ma gridate come fossero orgogliose proclamazioni: – A noi le formiche ci mangiano viviii... Formiche nel letto, formiche nel piatto, tutti i giorni, tutte le nottiii... Già abbiamo poco da mangiare e dobbiamo sfamare anche lorooo...

Io avevo preso mia moglie sottobraccio e ancora lei si scuoteva ogni tanto e gridava: – Ma non la finirà così! Lo sappiamo chi è che ci truffa! Lo sappiamo chi è che dobbiamo ringraziare! – e altre frasi di minaccia che restavano senza eco, perché al nostro passaggio le finestre e le porte delle casupole si richiudevano e gli abitanti riprendevano la loro misera vita assieme alle formiche.

Così fu un triste ritorno, ed era prevedibile. Ma a me spiaceva soprattutto aver visto come quelle donnette s'erano comportate. E mi venne un fastidio per chi va in giro a piagnucolare delle formiche che non l'avrei più fatto in vita mia, e mi veniva voglia di chiudermi in un orgoglio straziato come quello della signora Mauro, ma lei era ricca e noi poveri, e non trovavo la via, la maniera per continuare a vivere in questo paese, e mi pareva che nessuno di questi che conoscevo e che pure fino a poco prima m'erano parsi così superiori, l'avesse trovata o fosse sulla strada di trovarla.

Eravamo dinanzi a casa: il bambino succhiava il suo giocattolo, mia moglie s'era messa su una sedia, io guardavo il campo infestato, le siepi, e di là una nuvola di polvere insettifuga salire dal giardino del signor Reginaudo, e a destra l'ombra silenziosa del giardino del capitano, col continuo stillicidio delle vittime. Questo era il mio nuovo paese. Presi bambino e moglie e dissi: – Andiamo a fare un giro, andiamo fino al mare.

Era sera. Passavamo per viali e strade a scale. Il sole batteva su uno spigolo della città vecchia, di pietra grigia e porosa, con cornici di calce alle finestre e i tetti verdi d'erba. Nell'entroterra la città s'apriva a ventaglio, s'ondulava in versanti di colline, e dall'uno all'altro lo spazio era colmo d'aria limpida, a quest'ora color rame. Nostro figlio si voltava stupito a vedere ogni cosa e a noi toccava prendere parte alla sua meraviglia, ed era un modo per riaccostarci al blando sapore che ha a momenti la vita e riindurirci al passare dei giorni.

Incontrammo delle donne anziane che portavano grandi ceste in bilico sul capo posate sopra un cercine

– camminavano immobili, col torso fermo sulle reni, gli occhi bassi –; e da un giardino di monache un gruppo di ragazze cucitrici corsero a una ringhiera per vedere un rospo in una vasca e dissero: – Oh che angoscia!–; e dietro un cancello, sotto un glicine, delle giovinette biancovestite facevano giocare con un pallone da spiaggia un cieco; e un ragazzo mezzo nudo e barbuto, coi capelli fino alle spalle, coglieva i fichi d'India con una canna aperta a forchetta da una vecchia pianta irta di spine lunghe e candide; e i bambini d'una casa ricca, tristi e occhialuti, facevano bolle di sapone alla finestra; ed era l'ora che ai vecchi del ricovero suona la ritirata e salivano per quelle scale l'uno dietro l'altro col bastone, con la paglietta in capo, parlando ciascuno per suo conto; e allora dei due operai del telefono quello che teneva la scala disse a quello controluce sui fili: – Scendi, è ora, domani finiremo.

Così arrivammo al porto e c'era il mare. C'era una fila di palme, e delle panche in pietra: io e mia moglie sedemmo e il bambino era quieto. Mia moglie disse: – Qui non c'è formiche –. Io dissi: – E c'è un bel fresco: si sta bene.

Il mare andava su e giù contro gli scogli del molo, muovendo quelle barche dette «gozzi», e uomini dalla pelle oscura le riempivano di rosse reti e nasse per la pesca serale. L'acqua era calma, con appena uno scambiarsi continuo di colori, azzurro e nero, sempre più fitto quanto più lontano. Io pensavo alle distanze d'acqua così, agli infiniti granelli di sabbia sottile giù nel fondo, dove la corrente posa gusci bianchi di conchiglie puliti dalle onde.

Indice

«La nuvola di smog - La formica argentina»
di Italo Calvino
Oscar opere di Italo Calvino
Arnoldo Mondadori Editore

Questo volume è stato stampato
presso Mondadori Printing S.p.A.
Stabilimento NSM - Cles (TN)
Stampato in Italia - Printed in Italy